大方
sight

[葡] 安东尼奥·洛博·安图内斯————著

徐亦行 麦然————译

ANTÓNIO LOBO
ANTUNES

OS CUS
DE JUDAS

世界尽头的土地上

中信出版集团｜北京

**图书在版编目（CIP）数据**

世界尽头的土地上 /（葡）安东尼奥·洛博·安图内
斯著；徐亦行，麦然译 .-- 北京：中信出版社，
2020.9

ISBN 978-7-5217-2062-4

Ⅰ . ①世… Ⅱ . ①安… ②徐… ③麦… Ⅲ . ①长篇小
说–葡萄牙–现代 Ⅳ . ① I552.45

中国版本图书馆 CIP 数据核字（2020）第 134046 号

**世界尽头的土地上**

著　者：[ 葡 ] 安东尼奥·洛博·安图内斯
译　者：徐亦行　麦然
出版发行：中信出版集团股份有限公司
　　　　　（北京市朝阳区惠新东街甲 4 号富盛大厦 2 座　邮编　100029）
　　　　　（CITIC Publishing Group）
承　印　者：浙江新华数码印务有限公司

开　本：880mm×1230mm　1/32　　印　张：7.25　　字　数：138 千字
版　次：2020 年 9 月第 1 版　　　　印　次：2020 年 9 月第 1 次印刷
京权图字：01–2020–2587
书　号：ISBN 978–7–5217–2062–4
定　价：58.00 元

给丹尼尔·桑帕约

——我的朋友

# CONTENTS

# A

　　动物园里，我最喜欢的是树下的溜冰场，还有那位黑人教练。他身板笔直，没见他动一块肌肉，便在水泥地上不紧不慢地向后滑出圆弧。一群穿着短裙白靴的女孩子围着他，如果开口说话，她们的嗓音一定就像轻纱，就像机场里通知飞机起飞的广播声，棉花糖般的音节渗入耳中，一丝一丝地融化在舌头上。我不知道接下来要说的话是否听起来有点傻气，可周日早晨，我们常常和父亲去那里游玩，那时的动物更像动物，长颈鹿挺着细长的脖子，高高在上的孤独一如小人国里忧伤的格列佛，宠物狗墓园的石碑底下不时传来贵宾犬的哀嚎。空中飘荡着的味道好似马戏剧场的走道，那里全是关在鸟笼里莫名其妙的小鸟，酷似单身体操女教师的鸵鸟，蹒跚而行好像大脚骨勤杂工的企鹅，歪着脑袋宛如鉴画师的凤头鹦鹉，河马池里充斥着这群肥大动物的慵懒；蛇盘成了螺旋状，似一堆堆软软的粪便；鳄鱼如同壁虎一般，面目可憎，颓然接受了三等公民被囚的命运。笼子之间的法国梧桐如我们的头发一样变得灰白。对我而言，从某种程度上来说，我们一同老去。那个将落叶耙进簸箕的工人酷似我后来的外科医生，他取净我的胆囊结石，放入一个瓶子，贴了标签：植物更年期。其间的前列腺硬结和树干结节混合难辨，让我们在同样绝望的忧伤中亲如兄弟：白齿如同腐烂的水果从嘴里掉落，肚子上的皮肤皱得就像果皮般粗糙。然而，一阵诡谲的微风或能吹散树巅上我们的那绺发梢，一声不经意的咳嗽也或能费力拨开失聪的迷雾，如同在耳边嗡嗡作响的海螺声，竟也逐渐有了婚后慢性支气管炎的平缓音调。

　　动物园的餐厅里，动物的气味被稀释成一丝一缕，混入炖菜的热气之中，更有甚者，土豆里还夹缠着让人不适的猪鬃味道，肉块里则多了地毯毛绒的滋味。这里通常人满为患，一半是短途游客，一半是焦躁的母亲。母亲们用叉子推开飘来飘去的气球，它们就像挂在脸上漫不经心的笑容，后面拖着线头，如同夏加尔画笔下飞翔的新娘拽着裙边。蓝衣老妇人用肚子顶着盛有蛋糕的托盘，送上的枕形蛋糕比她们满是皱褶的脸庞还要尘埃遍布，身后跟着油腻腻的吃撑了的苍蝇。狗儿像中世纪画屏里画的那样瘦骨嶙峋，害怕服务员一脚踢来，却垂涎于吃剩的、扔在地上的香肠。香肠就好似多余的手指，如同涂了发蜡一般油光锃亮。池塘里的脚踏小船似乎随时都有可能从打开的窗户冲进来，在充斥着纸巾的波浪中颤动。餐厅外面，高音喇叭播放着晦暗的音乐；牛羚发出寡居的叹息；游客们兴高采烈，手鼓却已被敲得疲惫不堪，还有我，感动、钦佩、讶异，这一切却都丝毫没有影响到那位黑人教练。在树下的滑冰场，他继续稳稳地滑着，仿佛是抬着圣像后退的抬床，那种庄严，奇妙又非凡。

假如您和我是，比如说，食蚁兽，而不是在这酒吧角落里聊着天的话，或许我能更习惯于您的沉默，习惯于您放在杯子上的双手，习惯于您那死鱼般的眼睛，飘忽在我光光的脑袋或者肚脐眼上。也许我们可以默契地、用不安分的鼻子在水泥地上嗅吸着，各自找寻对于本不存在的昆虫的思念；也许我们会如里斯本的夜晚一样悲伤地缠绵，在黑暗的遮掩下，融为一体：是夜，湖泊里的尼普顿海神想褪去它的泥淖苔藓，锈蚀的眼眶充满迫切期待，漫步于空无一人的广场之上；也许最后您会跟我说起您自己；也许在您那克拉纳赫式的额头后，存在着，沉睡着，对于犀牛的秘密温情；也许您摸到我，会突然发现我如独角兽那般坚硬，我抱住您，而您惊讶地挥动手臂，如同蝴蝶被插针时，绵软温柔。我们会买两张小火车的票子，在动物园里兜个圈子，一只一只动物看过去，听着线性马达的声音，远离土气的幽灵城堡，白熊洞酷似耶稣降生的马厩，经过时我们挥手致意，而白熊那脏乱的皮毛，好似二手地毯；我们会像眼科医生那样，观察山魈

3

的肛源性结膜炎，它的眼睑发炎竟源于炎性痔疮；我们会在狮笼的栅栏前亲吻，狮子身上布满了蛾子的咬痕，如同陈旧的外套，还咧开大嘴，露出掉了牙的牙床。趁着狐狸笼子洒下的昏暗斜影，我爱抚您的乳房，您给我在小丑表演区旁买一根雪糕，眉毛上挑的小丑扇着同伴耳光，伴随着萨克斯音乐，忧愁哀伤。这样，便能寻回一丝不属于我俩的童年，它固执地滑着滑梯，不时朝我们微笑，又带有一丝嗔怒，好像回音，渐行渐远。

　　还记得动物园门口的石鹰和酷似哨所的售票处吗？年迈的员工在半明半暗的潮湿售票窗口工作，他眼神不好，眨巴着夜枭般的双眼。我的父母住得离那儿不远，附近还有家棺材店。夜晚，从动物园传来的虎啸声震颤着店内橱窗货架上蜡手模型的指节，连克鲁斯神父[1]半身像也跟着为之胆战心惊。这些残破的宗教商品摆在椭圆的钩针垫上，装饰着冰箱上方。如此一来，可以说冰箱的呼哧声，来自它罹于食积的陶制食道。从我兄弟卧室的窗子，隐约可见骆驼的围栏，它们样子烦躁，还差一个口叼雪茄的经理，整个画面就完整了。马桶的回水就像肠子的漱口声那样垂死地咕噜咕噜。我坐在马桶上，听着海豹的哀叹，过大的直径让它们无法在下水管道里旅行，也无法在水箱冲水中冲下数学考官不耐的哼

---

[1] 克鲁斯神父（1859—1948），全名为弗朗西斯科·罗德里格斯·达·克鲁斯（Francisco Rodrigues da Cruz），葡萄牙天主教神父。在世时走遍葡萄牙，帮助贫苦大众。（如无特殊说明，本书脚注均为译者注。）

昧。我妈妈的床在某些凌晨因为腰疼而发出呻吟，我爸爸的喘息犹如驯象师有韵律的吹奏，指挥着无牙大象在一捆绿叶菜的引诱下敲打铃铛，这是遇到通货膨胀依旧百年不变的行当。吃着花生的女人缺了左胳膊，在我们阳台下方摆放着她要售卖的婴儿提篮，由下而上，抬头向我奶奶讲述着她丈夫醉酒的故事，从他的暴力中可以领略到米内瓦出版社出版的马克西姆·高尔基篇章的爆发力。清晨，到处都是鸲鸰和鹦，给它们上的是早饭的干面包，手指上留下的是面粉或家具上有待清洁的灰尘。在鬣狗鬼头鬼脑的节拍中，下午阳光的斑点也在地板上小跑着，一会儿照亮，一会儿遮住地毯上连续的图案、踢脚线裂开后的凸起木片，还有墙上我一位消防员叔叔的肖像，胡髭反光，抛光的头盔就像家中门把手一样发亮。门厅里有一面斜切式镜子，夜里空空如也，变得如同沉睡婴儿的眼睛那般深邃，能容下动物园里所有的树木，还有挂在吊环上的猩猩，它们如同被冻僵的巨型蜘蛛。那个时期，我有个荒唐的念头：希望自己有一天能穿着白色短靴、粉色裤子，在黑人教练滑出的庄严双曲线旁边，再优雅地绞出螺线，在滑轮的辘辘声中滑行。我总是把它想象成乔托画笔下艰难飞行的天使，他们在《圣经》中的天际，被绳子牵引着，天真无邪地扇动着翅膀。滑冰场的树木在我身后合拢，厚重的树影交织，这就是我的离世方式。也许当我老去，在没有电梯的三楼与我的钟表和猫咪相依为命，我构想，自己并不会在药品包装盒、药膏、药茶和圣灵祷告中被淹没而死，而是会有一个孩童从我身上升起，就像《教义手册》里离开身体的灵魂，不稳地单足旋转，慢慢靠近那个黑人——他身板笔直，头发用发蜡拉直，嘴角上扬，如同一尊脚踩法轮的佛像，带着无限宽容的迷之微笑。

　　这位打着领带的守护天使从一开始就在我内心取代了圣西娅[1]慈眉善目的圣像以及她那堪比圣器室的梅·韦斯特的胖脸蛋，在姨妈们祷告室的默片里，她和一位留着范朋克式小胡子的基督有着情爱纠葛。阿姨们住的大房子十分阴暗，沙发和家具就像房子里的浅浮雕，加深了半明半暗的效果，盖着锦缎琴键布的钢琴琴键上，半音符键如同黑色龋齿闪闪发亮。巴拉塔萨尔盖罗街上的楼房都悲伤得如同中学操场上的雨水，每一幢里面都住着一位年长的亲戚，在地毯的浪潮上划着拐杖。地毯上放满了中国花瓶和雕刻抽屉柜，这些都是世世代代蓄着山羊胡的生意人扔掉的东西，就像临终的海滩，有着尘封的味道，像流感，又像饼干。只有那些生锈了的金属大浴缸对我来说是鲜活的，它们的脚如同斯芬克斯的爪子；边上一条咖啡色水垢提示着已不存在的水线，就像额头上帽子的压痕；它们用贪婪的巨大喉咙寻找着水龙头的铜嘴儿，从那儿时不时地滴下罕见的泪花，如同眼药水的滴

---

1　圣西娅，即阿伦克尔圣女（Sãozinha de Alenquer, 1923—1940），原名为 Maria da Conceição Ferrão de Pimentel。葡萄牙虔诚的基督徒，但其父亲并不相信基督。十八岁时，圣西娅向神请求奉献自己的生命以换取父亲对基督的崇信。两个月后，圣西娅逝世，死后一个月，其父亲转信基督。

液。厨房和中学的化学实验室一模一样，墙上有一张布道日历，上面满是小黑人，女佣们分不清年纪，人人都叫"阿尔贝蒂娜"，她们煮着没加盐的鸡肉粥，把念珠的碎片都嘟囔到了锅里，这是给白粥加的调料。帕潘[1]式压力锅时代老掉牙的热水器里，煤气的火焰形状不大稳定，就像脆弱的花瓣，即将发出灾难性的爆裂声，摇晃着最后一个塞弗尔茶杯，使之成为不可辨识的碎片。窗户和画混为一谈：在玻璃或画布上，同样的十月树木收缩了，就像游泳后湿透的阴茎，旁边还盘绕着被忘却的狂欢节的褪色彩带。阿姨们跌跌撞撞，如同八音盒上发条转到最后时的跳舞小人，她们用拐杖指着我的肋骨，带着瑟瑟缩缩的威胁，鄙视地观察着我外套里面的身体，尖酸地说道：

"你瘦了。"

好像我凸出的锁骨比衣领上的口红印子还要不光彩。

不知身在何处的钟摆隐没在橱柜的黑暗中，在远远的走廊那边慢慢地蔽出沉闷的报时声，满是樟木箱的走廊通向僵硬、潮湿的房间，里面还漂浮着普鲁斯特的遗骸，稀薄的空气中弥漫着已磨旧的童年气息。阿姨们费力地在装饰有金银丝钩针线的单人沙发边上坐下来，喝着如曼努埃尔式[2]圣

---

1　丹尼斯·帕潘（Denis Papin, 1647—1712），英国物理学家，出生于法国。他发明了压力锅，设计了历史上第一台汽缸和活塞式蒸汽机。虽然这一设计无法实用，但促进了蒸汽机的发展，对以后的工业革命具有重大贡献。

2　曼努埃尔式，一种在十六世纪初流行于葡萄牙的哥特式晚期建筑风格，以华丽繁复为特点。

体匣般精工细作的茶壶里的茶，一边还做着简短而虔诚的祷告。她们用糖匙指着愤怒的将军照片，他们在我出生之前就已去世，在如同空空的餐厅一般阴郁的军官食堂里，经历过了光荣的西洋双陆棋和台球比赛，只不过军官食堂里的《最后的晚餐》被换成了描述战役的画：

"幸亏部队会把他变成一个男人。"

一口假牙裹挟着不容置疑的权威，传递着一个强有力的预言，这个预言贯穿着我整个童年和青少年时代，刺耳的回音还延伸到了牌桌上。家族里的女人们通过两分钱一点的方式为星期天的礼拜赋予了一种非宗教的平衡，这一点象征性的金额让她们借着一张王牌，有借口可以吐出耐心地放在一边的旧恨。家里的男人们严肃得过头，在初领圣体礼之前就令我着迷，那时我还不明白他们的秘密集会，大家都交头接耳、窃窃私语。会议虽然不对外开放，却又重要得像众神大会，结果它只是用来讨论女佣屁股柔软的好处。这种会议要鼎力支持姨妈们，这样，自己在偷捏端盘子的女佣的时候，她们就不会伸手来阻止。萨拉查的幽灵盘旋在虔诚的光头上，就像社团主义圣灵现身时的火苗，将我们从可怕又有害的社会主义思想中拯救出来。国家安全警备署勇敢地追随那无畏的圣战；反对那可怕的民主理念，这是使得昆廷餐具从报童和学徒大口袋里消失的第一步。镜框里的塞雷热拉[1]

---

1　曼努埃尔·贡萨尔维斯·塞雷热拉（Manual Gonçalves Cerejeira, 1888—1977），年仅四十二岁就被任命为葡萄牙红衣主教，是萨拉查的好友和支持者。

主教在角落里保证着圣文森特修会，当然还有皈依了的穷人们的永恒。那幅被彻底丢到阁楼旧浴盆和瘸腿椅子之间的画里，民众围着象征自由的断头台，发出无神论的欢呼，而一长束阳光穿透尘埃，带着神秘的光环，让那些被丢弃的废物更加显露无遗。因此，在我登上一艘满载着部队的船，最终要把自己变成男人、启程前往安哥拉的时候，整个家族的人因为感激政府给予我这么一个免费脱胎换骨的机会，全都出现在码头上，陶醉在爱国炽热之中。即使被人群推来搡去，他们也毫不计较。这激动的、无名的人群，恰似那幅画上的人群。断头台下，人们最终前来，无力地观看自己的死亡。

# B

你知道圣玛格丽特军营吗？我这么问是因为，有时候，营地的军官食堂装饰得毫无品位，就像莫什卡维迪的某间牙医候诊室，自始至终地缺乏人情味（塑料花，图案走形的油印画，画上单调的阿拉伯纹样跟墙纸混杂在一起，僵硬的椅子摆得乱七八糟，好似没有配偶的四脚兽，胡乱地咀嚼着陈旧地毯上不对称的流苏）。在一片喧哗声中，少校们扔下装着骰子而不是冰块的威士忌酒杯，如铅制的大肚小兵人那样笔直站好，向进门的一位女士致敬，为她开道的是一个突然儒雅起来的无名上校。在他们的身后，可以察觉到一阵肩章的骚动，还有营房里窃窃私语的发情痕迹，终将被凝结成小便池条纹大理石上的条条图解，用来给清洁兵们扫盲。手淫是我们的日常健身活动，活塞体龟缩在冰凉的床单里，如同未出子宫却早已衰老的胎儿。与此同时，外面的松树和雾气交织成了潮湿的呢喃，情节错综复杂，为夜晚增添了一层树干般黏稠的夜色，带着雾中游乐场棉花糖的甜味。就像小时候在苹果海滩，你知道吗，九月末，我们躺在那儿，身体如同一粒小种子，迷失在满是褶皱、震颤着的巨型床垫里。四肢上丝丝汗毛颤动，在下面大海的声音中痉挛。那声音不知来自何方，在它无形的肺腔中收缩膨胀，仿佛生了一场长满岩石的气管炎症。军号代替了布谷鸟钟，同样让人恼怒，军装和皮肤粘在一起，形成了一层特殊的军事甲虫外壳，板寸头与军姿列队使我忆起了孩提时的假日营，因缺澡而产生的甜酸气味，是带有空洞的恼怒但只能无奈接受的屈从。每逢周日，家里人便欢天喜地地前来，探视我们这群平民蠕虫进化为完美斗士的历程，好似啤酒瓶盖的贝雷帽钉在脑袋上，巨大的军靴沾满了凡尔登战役的历史泥泞，行进在由谎话连篇的童子军蜕变为狂欢节上无名战士的半途之中。这一切都发生在巧妙延续了寄宿学校氛围的军营当中，它的隐私机密、它的启蒙小团体、它低级变态的小把戏，全都是为了欺瞒长官们如学监般的督管。比起军舍内的夜间抽搐，长官们其实更关心桥牌游戏里的那张王牌，它的选择左右着晚饭的消化，是风平浪静抑或是倒海翻江，隐没在梧桐霉枝烂叶中的军舍那边，瘦狗如同格雷考画笔下的格力犬，在犹豫的交媾中聚集起来，用垂死修女般哀求和痛苦的眼睛瞪着我们。

在雨中的马夫拉军营，我看见老鼠在修道院无边无际的哀伤中，穿梭在双层营床之间，迷宫般的走廊上笼罩着中士们幽灵般的阴影。在托马尔营地，鱼儿成群结队从蒙香岛游上来，鳞片闪亮，在街头漫无目的地游荡，我用火柴棍搭起热罗尼姆斯修道院，赢得了肝炎伞兵用他们泛黄的眼白所给予的一片赞赏。在埃尔瓦斯军营，我挨着一个肥胖的准尉。他摇摇晃晃，就像餐盘边上的一个软糖布丁。我希望自己能消失在城墙里，宛如夏加尔画笔下的小提琴手那般没入画布那深邃的蓝，拍打着笨拙的毛呢军服袖的翅膀，飞到巴黎停下，用抽象画作与具象诗歌展开一场流亡的革命。葡萄牙大报《每日新闻》将为之撰写一条卢济塔尼亚式的新闻，就像老眼昏花的公证员般贞洁的婚姻喜讯，或者像因死者枯槁笑容而甜美的第七主日弥撒通告。而在圣玛格丽特军营等待上船出发时，我赶着一长队士兵去看牙医，疯狂的医生把牙龈屠成了无人区，带着杀手的幸福感号叫：

"这帮年轻人的大牙不会给同事你添麻烦啦！"他靠在那把极其难看的椅子上，对着我咆哮，整个人因为满意和汗水而闪闪发光，把喷火枪般燃烧的钻头探入某块惊恐万分的下颌之中。

有时，全国妇女运动社的太太们会来拜访，为穿着貂皮大氅的更年期寻找些许乐趣。她们分发法蒂玛圣母像章和印有萨拉查肖像的钥匙圈，伴随着民族主义我主天父的祷告和佩尼切政治监狱里《圣经》炼狱式的威胁，佩尼切国家安全警备署里的秘密警察比《教义手册》里手持戟叉的魔鬼效率还高。我时常想象，这些太太们的耻毛就好像是狐皮围脖，兴奋时，会沾上玛姬香氛滴露和贵宾犬的口水，它们从阴道内流出来，在萎蔫的大腿上留下一道道发亮的蜗牛黏痕。这些女士们坐在准将的桌上，噘起嘴巴小口喝汤，如患了痔疮的病人在沙发的一角安顿下来。她们在餐巾上留下红桃形唇膏印子，上面仍隐约带着对于女佣的不悦和冗长爱国演讲的残痕。出发那天早晨，我在船舷梯上与之再次相遇，她们用202020牌香烟和阳刚有力的握手为我们鼓劲，一节节指骨好像是用纹印饰戒连起来的。

"大家放心去吧！我们会在大后方时刻保持警惕的。"

是啊，细细想来，对这些伤感的大屁股而言，束臀裤也只能屈尊扮演疝气带的配角，还有什么能让我们感到害怕呢。

然后，你也知道是怎么回事，里斯本便开始渐渐离我远去，在军歌越来越弱的漩涡里，因别离而悲伤木然的脸孔在和弦调中快速打转，被记忆定格成惊愕的样子。舱房里的镜子照出我因痛苦而变形的表情，好似一幅散乱的拼图，试图微笑却焦虑扭曲的脸庞上，长出了伤疤般令人作呕的蜿蜒线条。一个军医蜷曲在双层床的垫子上，随轮船启动时不规则的震颤低声抽泣，好似一台哽噎住的出租车发动机，另一个军医盯着手指，眼神空洞涣散，如同刚出生的婴儿，或不断吮吸指甲、眼神亢奋的傻瓜。我问自己我们究竟在那里做什么，在如缝纫机踏板一样上下摆动的舱板上生死未卜，在国歌最后的叹息声中，望着里斯本在远处沉没。突然间，过往已不复存在，我口袋里揣着萨拉查的钥匙圈和像章，站在玩具房里紧贴着墙的浴缸和洗手台之间，这感觉如同置身于夏天父母的房子里，没有窗帘，地毯用报纸包好卷了起来，家具上盖着沾满灰尘的大罩布，靠在角落里，银器被搬到了祖母的储物室。寂寥的客厅中，空无一人的脚步声发出巨大的回响。我想，就如同是在夜晚的车库里咳嗽时，感受到孤独自身那无法承受的重量，它在耳边，如滚雷般爆裂，太阳穴怦怦跳动，仿佛枕到了鼓上一样。

第二天，我们抵达了马德拉群岛，它好似一块装饰着别墅形蜜饯的国王蛋糕，漂在海蓝色的瓷托盘上，一如阿伦克尔城[1]，在午后的静寂里漂荡。船上的管弦乐队气喘吁吁，为军官们演奏着波莱罗舞曲，他们像黎明时分的猫头鹰那样满怀惆怅。士兵们在船底舱内挤成一团，传出一阵浓烈浑浊的呕吐味。这种气味，我自遥远的儿时起便已遗忘。那时的午饭时间，在厨房里，我那难以下咽的汤边活跃着时而哄劝、时而威胁的家人们的鬼脸，每喝一勺都能赢得一片欢呼的掌声，直到某个较为心细的人大喊起来：

"快唱《金鹦鹉歌》，小家伙要吐了。"

这可怕的警告一响，作为回应，所有的大人都突然齐声高歌，调子参差不齐，一张张嘴唇在金牙上颤动，如同置

---

1 阿伦克尔城，里斯本以北一座风光秀丽的小镇。

15

身于沉没中的泰坦尼克号之上。女佣敲着锅盖打起节拍，园丁扛着扫帚模仿行军，我对着盘子喷出一大团面条和米饭的呕吐物，大人们会逼我重新吃下去，只不过这次将不再有人合唱，有的只是他们恼怒的小声咒骂。现在，你明白吗，我躺在船甲板的休息椅上，领子里越来越湿的汗水，让人感受到里斯本的冬日正残酷地蜕变为赤道黏稠的夏天，又软又热，好像祖父的理发师梅洛先生搁在我脖颈上的手。他那位于十二月一日路的店堂内，湿气让镜像反影中的铬合金剪刀层影重叠。此时，最让我热切盼望的是，一如在那些远去的岁月里，吉娅保姆会带着不经意的温柔和耐心，过来轻挠我那男孩窄窄的背，直至我沉沉睡去。她平和的手指是犁过梦乡的耙子，能将寄居于我体内那些绝望和痛苦的魅影驱散一空。

# C

　　起初，罗安达是一个贫穷的码头，毫无威仪可言，码头上的仓库在潮湿和热气中摇来晃去。海水就像浑浊的防晒乳，在肮脏和衰老的皮肤上闪烁，腐损的绳索划开了皮肤，如同一道道杂乱的静脉。抖晃的亮光过于强烈，几近窒息的黑人蹲着，他们分成一小群一小群，带着永恒、同时尖锐而又盲目的失神观察我们。这种神情在黑人爵士乐家约翰·柯川的照片上也能看到，当他用萨克斯风吹着他那宿醉天使的甜蜜苦涩，他的眼睛转向内心，我想象：这种人每一张厚厚的嘴唇前都有一管无形的小号，随时都能在厚沉的空气中垂直攀升，好像法基尔人上天的绳索。瘦骨嶙峋的白鸟融化在海湾的棕榈树和远处岛屿的木房子中，这些房子隐没在灌木丛和飞虫之间，疲倦的妓女们在接待了里斯本所有粗暴的男人以后，去那里品尝最后一杯香槟汽酒，就像在临终海滩上垂死挣扎的搁浅鲸鱼，在一种莫名的愁苦中随着斗牛舞节奏时不时地扭动着胯部。矮小的少尉们戴着眼镜，带着半工半读生一丝不苟的分内表情，潇洒地把我们赶往栈桥上等候着的牛车，桥上覆盖着垃圾和青苔，克鲁斯格布拉达栈桥，你记得吧？那里的下水管一直延伸到里斯本的脚下而后消失，老狗在门垫上呕吐着垃圾：在全世界每个停泊处，我们都通过曼努埃尔式建筑风格的纪念碑以及吃空了的食品罐头，巧妙结合英雄无畏的坏血病与生锈的铁皮，留下了我们冒着风险到来的印迹。我最终还是支持在国家任何一个合适的广场上树立一个吐痰纪念物，吐痰半身像、吐痰元帅、吐痰诗人、吐痰国家首脑、吐痰骑士像，某样将来可用于精准定义完美葡萄牙男人的东西：他们对性交自吹自擂，还喜欢吐痰。至于哲学，我亲爱的朋友，报纸上的头条新闻对于我们来说就足够了，里面的思想已丰富得如同爱斯基摩人的戈壁沙漠。于是，脑子被复杂的推论榨干，吃饭时我们得服用一些安瓿瓶装口服液，以便能够思考。

你要不要再来一杯杜林标酒？一提到瓶装口服液我就老觉得口渴，想喝黄色的糖浆水，还愚蠢地希望通过它们以及它们带给我的愉快的轻微眩晕感，发现生活与其他人的秘密，情感那化圆为方的无解难题。有时，在喝到第六或第七杯的时候，我会感到希望几乎成真，马上就能成真，我那粗笨理解力的镊子，用外科医生的小心谨慎，即将钳住这个谜团纤弱的核心，但我马上陷入一种笨口拙舌式的无形欢悦里，第二天从中挣扎醒来，大口吞咽着阿司匹林和果味消化药，穿着拖鞋在上班途中磕磕碰碰，随身扛着自我存在那不可救药的浑浊。泥沼般的谜团如此浓厚，好似清晨咖啡杯里尚未完全化开的糖。这从未在你身上发生过吗？你感觉离得很近，一秒钟内就能把握住那持之以恒追逐多年却姗姗来迟的灵感，一个同时让你绝望又给你希望的规划，在无法抑制的快乐中你伸手去抓，却突然背朝地仰天倒下，攥紧的拳头里空空如也。随之而来的，是那丝灵感或那份规划，连看都不看你一眼，便平静地踱着淡漠的碎步离你远去。不过，也许你并不了解这种恐怖的挫败；也许形而上学对你而言只是稍纵即逝的烦恼，好像一阵短暂的瘙痒；也许在你身上寄居着一种欢快的随意，好像停泊着的小船，随着摇篮自发的节奏慢慢摇动。然而，你让我着迷的东西之一，请允许我这么跟你说，就是天真。它不是孩童或警察那无辜的天真，某种以轻信或愚蠢为代价而获得的源于内心的纯洁，而是睿智的、妥协的、如同植物那般的天真。这么说吧，它来自那些和你我一样等待别人或自己的人，就像我俩坐在这里，我像一贯优秀的学生那样把手举到空中，召唤服务生前来并等着：对着表达我们谢意的那点可怜的小费，他注意力分散，眼神飘忽，绝对心不在焉。

对我们而言，这片陌生土地的卢济塔尼亚性就像某个部长的诚实性一样充满争议。列车载满了箱包，充斥着身处此地的外国人隐隐的担心，好似肥胖的鸽子，咕咕咕地从码头驶向城郊。罗安达周围各区的悲惨是色彩斑斓的。女人们缓慢挪动大腿，饿得肚子肿胀的孩童在斜坡上一动不动地望着我们，拽着一文不值的玩具的线头。这些开始唤醒了我内心一种奇怪的荒诞感。随之而来的弥久不安，我从里斯本出发时便开始在脑海或肚肠里感觉到，它表现为身体上一种无法定位的疼痛，船上的一位神父似乎也和我有同样的疼痛，他因在祷告书里找寻支持杀戮无辜的宗教证据而疲倦不堪。晚上，我们有时候会在船舷碰上。他手执祷告书，我双手插在口袋里，注视着同一片漆黑浑浊的海浪，它偶尔反射出的光影（是什么灯光？是哪些星星？是谁巨大的瞳孔？）如鱼儿一般跳跃。在那片轮船螺旋桨犁过的黑暗地平延伸线中，我们似乎都在为无以言表的不安寻找一个明确的答案。我再也没有看到过这位神父（不过我的宿命之一，就是所有我遇到的神父和女人都会迅速地消失在我的视野之外），但我清晰记得儿时的噩梦里曾有他如诺亚般不知所措的脸。他被逼登上了满载闹肚子动物的方舟，这些动物被人以激进和愚笨的理想为名，从它们的机构、从它们的台球桌、从它们的娱乐俱乐部里生拉硬拽出来，并被投掷到它们出生的森林里，扔到为期两年的痛苦、危险与死亡之中。此外，关于最后说到的死亡的真实性，这是毫无疑问的。货舱内有一块地方摆放着带有棺材架的大棺材，而我们那略带死亡气息的游戏，就是观察他人和自己的面孔，试着去猜测将来谁会是躺在里面的那一个。是那个人？是我？是我们俩？还是那边和联络官少尉聊天的胖少校？每当过度地观察别人时，他们的脸庞不但不会变得熟悉，反而会开始不知不觉地显现出一种遗容，我们对其死亡的幻想则使之变得高贵。好感、友谊，甚至一丝温情都变得更为容易，欢喜来得毫不费力，蠢笨也被粉饰成天真淳朴而显得迷人可爱。当然，归根结底，在体验别人的死亡时，我们害怕的其实是自己的逝去。面对它，也因为它，我们顺从地变得懦弱。

你不想改喝伏特加吗？舌头和胃的燃烧能让人更好地面对弥留之际这个幽灵，而这种好似酒精灯燃料的烈酒带有姨婆的香水味，它的优点就是引燃我的胃炎，而后，使我勇气大增：没有什么比胃灼热更能溶解胆怯，或者，如果你更喜欢我换种说法，更能把我们习以为常的被动自私转化为一种冲动的手舞足蹈。这和前者并没有本质上的区别，但至少更为主动：拿破仑著名的胃溃疡秘诀，你明白的，就是解释他在华格姆和奥斯特里茨战役中获胜的关键。还有这一碟碟小小的、有毒的、咸咸的东西，拿破仑皇帝肯定从未尝过，它们像烧碱粒一样划过我们的肚肠，能够借着一阵突如其来的腹痛，把我们投入更疯狂、更甜蜜的探险之中。谁知道我们是否会以做爱来结束这个夜晚，愤怒疯狂如牙疼的犀牛一般，直到清晨的灰暗照着我们因绝望而滚乱的床单？楼下的邻居会惊讶地猜想，我是不是把两头厚皮大动物带回了家，在仇恨和临盆尖叫的交响乐中互相吞噬，谁知道这种新鲜事能否激发他们已沉睡多时的情感，让他们纠缠在一起，就像那种分不开的日本拼图块，除非有外科医生那样无穷的耐心，或兽医阉割动物时那样果决的快刀才能将其分开。你能带着满嘴的比纳卡牙膏味和乐观主义，把早餐送到床上来吗？你能用门牙吹口哨吗？就像过去的面包师，他们是肩上扛着篮子沾满面粉的天使，取代了如猫头鹰般疲倦的守夜人，也是我童年回忆里最不忧郁的板块之一。你会爱吗？对不起，这个问题很傻。所有的女人都有爱的能力，不会爱的女人则通过别人来爱自己。实际上，或者是在开始的几个月里，这几乎和真情没有区别。别管我说了什么，葡萄酒继续发挥它的作用，用不了多久我就会求你嫁给我：这已经是老规矩了。当我非常孤单或者喝高了的时候，婚姻的诸多计划便会如一小束蜡花般在我内心疯长，就像关闭的橱柜里长出霉斑，然后我会变得黏黏糊糊、容易受伤、大惊小怪、无比脆弱。我提醒你，现在是时候随便找个借口偷偷溜走，是时候松一口气坐进汽车，是时候去做个头发，然后打电话给闺蜜，边笑边告诉她们我这些毫无新意的提议。但在那个时刻到来以前，如果你不介意的话，我要把我的椅子拉过去一点，陪你再喝上一两杯。

火车和我们一起逃离了非洲的克鲁斯格布拉达，还有它那生锈起重机和长腿海鸥做成的皇冠，把我们寄存到了遥远的罗安达郊区一个看似军营的地方。那里的水泥营房在热浪里燃烧，皮肤上的汗水噼啪溅射，好似沸腾的气泡。军官宿舍被香蕉树包围着，树上的大叶子带着流苏，一如废墟里的天使翅膀。蚊子穿过纱窗，在夜色中一起发出持久尖锐的嗡嗡声，而我的血液歌唱着，被快速大口地吸走，最终离我而去。外面，陌生的星空让我讶异：有时，一种感觉向我袭来，好像有人在我熟悉的世界之上加罩了一层虚假的宇宙，我只需用手指捅破这层奇怪脆弱的布景，便能重新回归到熟悉的日常生活之中，充满熟悉的脸庞，还有那常伴我左右、如小狗般忠诚的味道。我们在市内坐满士兵的露天餐馆用晚餐，悲惨的擦鞋匠半蹲着穿梭在膝盖与膝盖之间，向他们的靴子投去激动热烈的目光，或者是缺了腿的残疾人，腼腆地递来刀刻的非洲神像，就像在我的故国葡萄牙卖的贝伦塔模型。满脸油腻的白种男人腋下夹着公文包，带着高利贷惯有的慢条斯理，把葡萄牙盾换成安哥拉币，街道都与里斯本的莫拉斯索亚雷斯路相似，通往军事堡垒的道路兜兜转转，好似一个混乱的迷宫，人行道上到处都是土里土气的霓虹灯，地上的水坑里闪烁着歪歪斜斜的橙光。送我们过来的轮船停泊在海湾里，水中的倒影晃动，准备启程：它将撇下我回到里斯本的冬日和迷雾中，我不在那里，一切还是会按照原有的节奏恼人地继续。这让我幽怨地联想到，在我死后必然会发生些什么，其实说到底，就是我已熟知的那种温吞中立的淡漠还将延续，既无大喜也无大悲，死气沉沉的官僚作风日复一日，吞噬了如烈焰般的躁动。你相信动荡，相信伟大的冒险，相信内心的地动山摇，相信亢奋的翱翔吗？别幻想了，我亲爱的，一切都只不过是视觉的幻象，是狡猾的镜像游戏，是纯粹的戏剧布景机关，并不比用硬纸板和玻璃彩纸来布置的场景更为真实，因为是我们错觉的力量赋予了它生动的表象。就像这个酒吧和它那些品位值得商榷的新艺术风格吊灯，来客们凑拢脑袋，在酒精带来的温柔愉悦中交头接耳，说着有滋有味的琐事。背景音乐让我们的微笑带上了从未有过的神秘的情感深度：再喝上半瓶，我们就会把自己想象成维米尔，像他一样灵巧，仅用一个简单的家常手势便能诠释你我生命存在中那令人动容却难以描述的苦涩。死亡的临近使我们更为警觉，或者说，更为谨慎：在罗安达等待出发去战场的那几天里，我们拿岛上放荡的歌舞厅替代了形而上学的理论。其额外好处是一边一个妓女，面前一桶拉波塞拉汽酒，长着斗鸡眼的小脱衣舞女在舞台上宽衣解带，就像老蛇蜕皮般厌倦而满不在乎。我曾经几次在破烂旅馆的房间里醒来，根本想不通到底是如何进到那里去的。我一声不吭地穿好衣服，在黑蕾丝边胸罩下翻找鞋子，不想吵醒某个蜷在床单里、只能看到一蓬乱发的人。事实上，也是应验了家里人的预言，我变成了一个男人：纵情的无望、自私和自我隐藏的迫切组成了我那悲伤又愤世嫉俗的贪婪，它永远地取代了童年的欢乐以及毫无保留的坦诚欢笑所带来的脆弱愉悦。这些用纯真定格的欢笑，你知道的，在夜晚空无一人的回家路上，我好像时不时还能听到。它们一如嘲讽的瀑布，在我的背后回荡。

# D

不，我一点儿也不疼，也许就是有点儿头疼。不过这无关紧要，就是一种感觉，头晕。这些单调的聊天声响，这些混杂在一起的气味，而那些在说话的当头忽而重新排列忽而移位的脸型让我头晕眼花：我谁也不认识，我也没有光顾这些异乡庙宇的习惯，那里面的人们不再供奉动物的内脏，而是供奉自己的肝脏；许愿灯的微光以及如低语祷告般的聊天赋予了这些时髦的地下墓穴一种亵渎宗教的色调，仿佛酒保就是神像金牛犊，站在如同主祭台的柜台后面一动不动，围着他的常客们就是助祭，他们举起仪式专用的黑美人威士忌，向他致敬。麝香草酚十字架取代了耶稣受难像。为了减少血液里的脂肪含量，复活节时我们禁食守斋；每逢周日，我们去领净化灵魂的维生素圣餐；我们向小组心理医生

25

承认不贞，而得到的救赎则是每月收到他发来的账单；什么都没有改变，你看到了，唯一改变的就是我们认为自己是无神论者，因为我们不会用手去敲击胸部，而会让医生用听诊器的听头来敲击我们。在这儿，我感觉，你明白的，就像是小时候，爸爸去教堂参加家族成员葬礼弥撒时，总要在仪式过半后才到，他杵在圣水池边，双手放在背后，仿佛穿着粗呢布外套的罗伯斯庇尔，向着募捐箱和陶制圣像悲伤的双眼挑战。毫无疑问，我属于另一个地方，虽然我不大清楚是哪里，但我想应该是一个时间和空间上都遥远无比的地方，我再也无法重回那里。也许我应该属于曾经的动物园，属于那个在动物叫声和冰激凌小贩铃声中、在树下的溜冰场向后滑去的黑人教练。如果我是长颈鹿，我会默默地爱你，像起重机那样，把头伸出铁丝网，从它的上方忧郁地凝视着你；我会若有所思，像嚼口香糖那样嚼着树叶，嫉妒那些熊、食蚁兽、鸭嘴兽、白鹦鹉和鳄鱼，用长得过高的人那手足无措的笨拙爱情爱你；我会像滑轮一般费力地运用肌腱，低垂脖颈，在温柔撞击的阵阵颤抖中，把头埋在你的怀里。这是因为，让我来向你透露一个秘密，我很温柔，甚至在喝第六杯不加水的占边威士忌或第八杯杜林标酒之前，我就很温柔。我温柔得愚不可及，温柔得低声下气，就像一只病狗，那种眼睛太像人类的乞怜的狗。在路上，不知出于什么缘故，时不时会有这种狗，把嘴鼻贴在我们的脚后跟上，发出奴隶般饱受折磨的痛苦呻吟，最终我们将一脚把它踢开，它会呜咽着跑开，内心必定吟唱着情意缠绵的十四行诗，同时还流下紫罗兰枯萎的泪水。有两件事，我亲爱的朋友，我仍和自己的原生阶级分享着某种轻易的感伤，虽然这让切格瓦拉的海报很失望。这位革命卡洛斯·加德尔[1]的海报被我挂在床头，好保护我免受资产阶级噩梦的干扰。对于我来说，它也有点儿像是一种心灵的维达福尔磁力手环：这种容易的感伤，让我在牛奶棚的电视机前看着肥皂剧抽抽搭搭，还为自己成为笑柄不寒而栗。比如说，我希望能够无须炫耀或羞愧地，在我刚开始秃顶的头上戴上一顶蒂罗尔带有羽毛装饰的帽子；或者让小手指的指甲越长越长；或者把一张折起来的电车票卡在婚戒下面；或者穿着潦倒小丑的衣服接待我的病人；又或者把我烧在心形珐琅上的肖像送给你，让你发胖的时候戴着，因为你总有一天会发胖，你放心，我们所有人都会发胖、肥胖、既肥胖又安详，就像被阉割过的猫，在欧迪欧[2]影院的午场电影里，等待着死亡的来临。

不过，在我跟你说的那个时期，我还有头发，不过其实，也就只是藏在军帽里剃成寸头的那一点儿头发。我从罗安达一路前往新里斯本，穿越不可思议的无穷无尽的地平线，奔向战场。你要理解我：我是个男人，来自一个形状狭长的古老国家，来自一个被淹没在房子里的城市。那些房子

---

成倍地增长，相互映照在瓷砖外墙和椭圆形的湖面之上。因为天空中放眼望去都是低飞的鸽子，我在此处感受到的空间错觉，就是一段狭窄的河流，被两个尖锐的街角夹在中间，而一尊航海家铜像的手臂，带着某种英勇的冲动从中斜穿而过。我的出生和成长都在一个拥挤的钩针世界里。姨婆的钩针，还有曼努埃尔式样的钩针，他们用金银丝工艺将我点缀得如摆设品般弱小，不让我看《卢济塔尼亚人之歌》[1]的第九章，从一开始就教会我挥舞着手帕送行，而非启程远航。总之，他们监管了我的精神，把我的地理知识局限到了时区问题，局限到了书记员的工时计算。他那远航印度的三桅帆船蜕变成了一张塑料贴面的桌子，上面放着用来沾湿印章和舌头的海绵。你是否曾经在那种可怕的桌面上支着手肘做梦？是否在坎博德欧里克或者波瓦德圣托阿德里奥区的某个三楼，听着自己的胡子在空虚的晚饭后和入睡前的空当中生长的声音，这样结束了一天？是否曾经历过日常死亡的苦难，每天早上在一个你隐隐有些憎恶的人身边醒来？两个人一起开车去上班，睡眼惺忪，一早就已经觉得沮丧、困乏，觉得言语无味、情感空虚、生活无趣？所以，你想象一下，突然之间，毫无征兆地，这整个微缩世界、这整张用悲伤的习惯编织而成的网、这所有的被压缩成镇纸般大小的忧郁——里

---

1 《卢济塔尼亚人之歌》，葡萄牙著名诗人卡蒙斯所作史诗，1572 年出版，是葡萄牙文学史上最具代表性的作品。作品描写葡萄牙航海家达·伽马远航印度的经历，歌颂葡萄牙的光辉历史以及葡萄牙人的勇敢精神。

面会下雪的，里面只会单调地下雪的那种镇纸——都在蒸发，将它和刺绣靠垫那种逆来顺受的生活束缚在一起的根基都在消失，让它和讨厌的人相系的连接正在断裂。而你醒来，发现身在一辆大巴里，不大舒适，这是肯定的，而且全是军人，这是一定的，但它在无法想象的风景中穿行，那里面的一切都在飘浮着，颜色、树木、事物巨大的轮廓，还有那天空，云梯开闭间，让人视线模糊，直至仰面跌倒，仿佛一只跌跌撞撞的大鸟。

不过，时不时地，葡萄牙会以小村落的方式重新出现在公路边。少数几个白人因患有疟疾皮肤呈半透明色，他们无望地试图重建已不复存在的莫什卡维迪，在窗与窗之间贴上瓷燕子，或者在门廊上悬挂锻铁灯笼：数世纪以来如播种般四处建造教堂的人会像条件反射那样，在冰箱顶上放上插着塑料花的瓶子，就像弥留之际的托尔斯泰用失明的手指在床单上移动，重复着书写的动作，而有所不同的是，我们的句子可以总结为瓷砖上的欢迎以及门口地毡上褪色的"接待"字样。直到傍晚，一个没有晚霞的傍晚，黑夜突然降临，我们才到达了新里斯本，高原上的一座铁路城市。我对它的记忆有些混乱，土气的乡下咖啡馆、尘埃遍布的橱窗，还有我们吃晚饭的那家饭店，我们把步枪夹在膝盖间，黑白混血带着太阳镜，站在记不起来放了多久的啤酒跟前，盯着我们看，他们一动不动的样子让人联想到伤疤那种暗淡无光的坚实；吃牛排的整个过程中，我觉得就像身处情人节大屠杀[1]的序幕之中，准备禁酒令期间的交火，带着阿尔·卡彭[2]懒洋洋的倦怠，把叉子放入口中，在镜中勾勒出了明晃晃的残酷的微笑。时至今日，你知道，我从电影院出来，还是会学亨弗莱·鲍嘉的样子点上一根烟，直到玻璃里自己的样子让我幻想破灭才作罢：我并没有走向劳伦·白考尔的怀抱，而是朝着皮切雷拉路的方向，同时，幻想在神话破灭针刺般的折磨中轰然倒塌。我把钥匙插到门上（亨弗莱·鲍嘉还是我？），犹豫了一下，进门，看了看门厅里的画（已经确定是我自己在看），然后坐进沙发，像一个从云端跌入现实的灰姑娘，发出轮胎漏气的叹息。就像我从这里出去的时候，你知道的，给你讲完这个奇怪的故事，如骆驼般慢条斯理地喝完这里能看到的所有瓶子里的酒。我来到外面的时候，在寒风里，远离你的沉默和你的微笑，像孤儿一样孤单，两手放在口袋里，在一种被树木的青灰突出了阴森的浓稠苦痛中，迎接晨曦的来临。除此以外，凌晨是对我的折磨，它油腻、冰凉、酸涩，充斥着痛苦和愤怒。此时还没有任何活物，但是，一种无法形容的威胁却已形成。它在靠近，追逐着我们，在我们的胸腔膨胀，使得我们无法顺畅呼吸。枕头的皱褶石化了，那些家具带着尖角，敌视着我们。

---

1　情人节大屠杀，1929 年 2 月 14 日，在美国芝加哥，七名帮派分子遭到集体枪杀，至今未侦破，但一般相信，此次事件是美国禁酒令时期由阿尔·卡彭领导的帮派与其他帮派为贩卖私酒利益而引发的。

2　阿尔·卡彭，美国黑帮成员，芝加哥犯罪集团联合创始人和老大。

花瓶里的植物向我们伸来干渴的触角，镜子的另一边，反向的物品拒绝我们伸给他们的手指，拖鞋不见了，睡袍不存在了。在我们内心，这趟穿越安哥拉的火车，从新里斯本到卢祖，它行驶得顽固、执着、让人揪心地缓慢，满载着穿制服的军人。军人的脑袋在窗户上抵来抵去，寻找着不可能的睡意。

你认识马查多将军吗？不，不用皱眉，不用使劲想，没人认识马查多将军，一百个葡萄牙人里，一百个都未曾听说过马查多将军的名字。尽管马查多将军不为人所知，但地球还是照转不误，而我本人则对他憎恶至极。他是我外婆的爸爸。每到星期天，午饭之前，外婆总是会自豪地指给我看那张像是消防员的照片。他长着小胡子，样子很凶，拥有众多奖章，那些奖章和其他同样没用的战利品一起高高在上地陈列在客厅的玻璃柜里，但貌似全家人都要向它们致敬，仿佛对待圣物一般。这样就可以让你知道，很多年里，我每个星期都要聆听外婆用感性的声音讲述长篇连载故事，对此，我感到既厌烦又讶异。在这种氛围下，消防员从前的英雄事迹被提升到了史诗的巅峰：年复一年，马查多将军都在往我的牛排里下毒，给肉掺上了无法消化的霉菌，那霉菌是一种僵硬的尊严，它那维多利亚女王时期的生硬让我作呕。正是这邪恶的生灵，挂在墙上，用他那教长或神甫般凸起的球形眼窝惩罚着我，拒绝赐予我那让人将信将疑的罪赦，如一抹光晕般盘旋在古老相片泛黄的微笑之上；正是他，修建了这条铁路，或是领导、或是设计、或是设计并领导了这条我们正在上面前行的铁路的修建。火车头前装了扫雷装置，在一片无边无际的平原上叮当作响。我们咀嚼着军粮罐头，胃口全无，因为我们的毫无胃口里住着对死亡的恐慌，而在这二十七个月之中，这种恐慌已在我肠子潮湿的环境里长出了发绿的蘑菇。卢祖位于班图语族人居住的高原之上，就像是马德雷德德乌斯区，几何形的马路，经济适用型的房子，处处体现着葡萄牙小人国集团的精神。正是这种精神，使得新政府一直以来都因不足或过度而持续出错。在那里的军官食堂，很长时间内，我最后一次看到了窗帘、葡萄酒杯、白种女人和地毯：渐渐地，那些我多年以来习惯的东西远离了我，家庭、舒适、安静，甚至快感。那种快感来自不具危险性的叨扰；来自当我们衣食无忧时那般闲适的温柔忧伤；来自从一种虚幻优越感的笃信中生发出的安东尼奥·诺布雷式无聊。比如说，晚餐之后的悲伤感取代了报纸上的填字游戏，而我，靠着废寝忘食地填充空白小方格子来打发日子，在十足的傻瓜和高深的庸人之间摇摆不定，是的，卢济塔尼亚式的思想便浓缩在这两者的边界之间，从形而上学的角度而言，就等同于诗句被写到了康乃馨纸花上。你要理解我：我们属于这样一片土地，在这里，活力代替了天赋，机智占据了创造力的位置。而我经常认为，事实上，我们只不过是精明的弱智，用随便找根金属线的方法，来修理心灵的保险丝。包括我和你一起在这里，也许，也只不过是一个临时金

32

属线的小花招，能把我从威胁自己的绝望低潮中救赎出来，对这种绝望，我不明所以，你知道吗？夜晚时它把我卷入其黏稠的泥沼之中，让我窒息于痛苦，窒息于恐惧；让我上唇上的胡子被汗水浸湿；让我的膝盖颤抖，相互碰撞，就像打瞌睡门卫的假牙那样，发出响板的声音。不，真的，暮色降临，心跳加速，我可以在脉搏里触到它，五脏六腑相互挤压。我的胆囊疼痛，耳朵发鸣，一种不确定的、随时会喷涌而出的东西，在我的胸腔里猛烈地搏动。有那么一天，看门人会发现我全身赤裸，躺在卫生间的地上，嘴角上有一丝牙膏和血，瞳孔突然放大，却并未注视着什么，恶臭难闻，肉体失了颜色，因胀气而肿大。你会在报纸上看到，不相信，再看一遍，核对名字、职业、年龄。两个小时之后，你便把它丢在脑后，你会来到这里，和平常一样，把你的沉默停泊在酒杯的小港湾里，哪怕是最微小的一个动作，也会让印度手链发出丁零当啷的声音，这些手链让人想起迷失在过往雾色之中的神秘伦敦，那时，鲍勃·迪伦的说唱风行，而塞尔福里奇百货里女售货员的大腿还和警察的微笑同样诱人。

再来一杯伏特加吗？我的酒确实还没喝完，可是，当我的故事讲到这里时，我一直都会觉得困惑，而且，已经过去了六年，我还是感到困惑：我们列队从卢祖一直走到了世界的尽头，经过了满是沙子的土路、卢库塞、卢安京加、保护公路建设的民兵部队、东部一成不变的丑陋沙漠、驻地活动营房四周被破铁丝网围起来的村庄、食堂内如墓地般的静默、逐渐腐烂的锌制棚屋。我们一直走到了世界的尽头，距离罗安达两千公里。一月结束了，下着雨，而我们将会死去，我们将会死去，雨却一直下，一直下。坐在卡车驾驶舱里，坐在司机旁边，帽子遮住了眼睛，手上拿着一根永远都吸不完的烟颠簸着，我开始痛苦地学习如何垂死挣扎。

# E

　　加古科蒂纽镇位于卢祖城南面三百公里，紧挨着赞比亚的边境。这块一丁点大的红土地尘土飞扬，夹在两片贫瘠的平原之间，这儿有一座兵营，几处由部落酋长统治的村落，还有国家安全警备署的办公点、行政楼、迈特·勒涅先生的咖啡馆和一块麻风病人隔离区。酋长们穿着的制服由葡萄牙政府强制发放，好似可笑的狂欢节盛装，装饰着星星和绶带；在非洲沉默不语时那充满嘈杂的静寂中，我每周一次摇动教堂大钟的钟摆，那钟挂在一圈看似废弃了的茅草屋中间。此时，几十条形态各异的蠕虫便会开始出现，瘸瘸拐拐，拖拖沓沓，从灌木丛、树林、茅草屋和阴影模糊的轮廓中小跑出来，好似博斯画笔下老老少少的人形虫怪，肩膀上的破布流苏像羽毛般震颤，如同孩童噩梦里魔鬼般的癞蛤蟆一样向我冲来，把溃烂的残肢伸向装药的瓶瓶罐罐。公共卫生所的黑人护士若纳顿先生，像《丁丁历险记》里的中国人一样，总在微笑。他仿佛是在圣餐仪式上，带着令人毛骨悚然的威严给出土的活死人分发药片。这群人中，有些已经失明，空洞的眼眶里仅剩一层令人作呕的蓝色雾样黏液，不知望向何人。缺了手指的孩童们受到苍蝇的折磨惊吓，无声地挤成一堆；女人们长得就像怪兽形的滴水嘴，她们交头接耳，溃烂的上颚让对话声变成一团呻吟；而我，想到的是教义问答课本里肉体的重生，就像是几段肠子，如同蝮蛇不慌不忙地醒来那样，从坟地的洞穴中升起。你知道吗？这就有点像酒吧里所有脸色苍白的人，他们像胎儿那样弓着背叽叽咕咕，无骨触手般的臂膀互相绕住脖子，一窝蜂地冲出大门，他们踏足的并非拉帕区[1]——人人文明驯化、同流合污，巴吉度犬和贵妇的鼾声此起彼伏，而是来到了手术室或者拳击台强光直射下过于刺眼的白天，它无情地让黑眼圈、皱纹、疲惫的痕迹、干瘪的胸脯，以及任何烈酒都无力激活的空洞表情一览无余。若纳顿先生正襟危坐在摇摇晃晃的椅子上，用碘酒快速刷着那些送过来的伤口，好像在给临终者施涂油礼。这无用的护身符在死亡面前早已法力尽失，而我则在村与村之间漫无目的地穿梭，还惊吓到了蹲在茅草屋门口的老太。她们瘦骨嶙峋，和圣母像一样的胯骨上，裙子显得

---

1 拉帕区（Lapa），葡萄牙里斯本的一个堂区，集中了大量的外国驻葡萄牙使馆，也是葡萄牙国会圣本笃宫和葡萄牙总理官邸的所在地。

过于肥大，好像包在饮料吸管外面的纸袋。席子上正在晾晒的木薯发出腐烂的气味，空气中能够嗅到积雨的潮味，干粪块好像狂欢节剩下的硬彩纸堆，肥硕的老鼠在垃圾里翻来搅去。一条蜿蜒狭窄的小河像手上的经脉，穿过远处伸展开去的平原。蝙蝠在殖民者府邸仿若雅典娜圣殿的残骸里等待黄昏的到来，房子已在那名为遗忘的失色荒草中隐没。

加古科蒂纽也是迈特·勒涅先生的咖啡馆，这位白人先生吐字不清，说话时用尽全力，脸上的表情扭曲起来像在用力拉屎。他的老婆宛如一只装饰了刺眼项链的煤气罐，总在向军官们抱怨，说士兵们老是捏她那如大西洋般宽广的屁股以示问候。其实，要从这个本身好似一大团滚动臀肌的女人身上分辨出屁股并非易事，因为她的脸颊甚至都有几分肛门的意味，肿胀的鼻子还酷似一个恼人的痔疮。漫长的周日午后，咖啡馆供应纯真无知的饮品。在这里，中尉第一次打开皮夹，满怀信任地向我展示了女佣的照片，他往后倚着身子，宽阔的肩胛挤靠在过于窄小的铁椅背上，揭示了冥想一生后提炼出的精髓：

"没被老板上过的女佣根本不可能爱家。"

民用医院阴森的大楼和如同死气沉沉的乡村旅店一样，墙壁上长着因受潮而鼓出的疖。门口的台阶上、过道里、诊室中、打针的小房间里，得了疟疾的高烧病人簌簌发抖，平静地等待奎宁注射。那是一种久远的黑人的平静，对于他们而言，时间、距离和人生都拥有一种深度、一种意义，一种无法向出生于公主陵寝与金属闹钟之中并饱受战争纪念日、修道院和时钟刺痛的人们道明的意义。厚实如堡垒的办公桌前堆放着我在课本上学到的知识。可一整个早上，悲惨与饥饿在九月雨水那乏味的庄严中列队经过，而我却无能为力，唯一的回应只有军队的维生素丸，为之加上甜味的是我抱歉与羞愧的微笑。卢查泽斯人被禁止渔猎，也无法从事农耕。他们是被困在破铁丝网里的囚犯，只能依靠葡萄牙行政楼分发的鱼干度日。在国家安全警备署的监视和黑人警察的暴政下，他们往丛林里逃，那里面躲着安哥拉人民解放运动[1]的部队，这群无形的敌人迫使我们卷入到一场疯狂的幽灵之战当中。每个遭遇埋伏或被地雷炸伤的伤员都让我想到同一个令人痛苦的问题，我这个葡萄牙右翼青年团的拥趸、《天主教新报》与《国家论坛》的骨血、传教斗士的内侄、耶稣一家的密友，这神圣的一家常常坐着玻璃神龛前来我家拜访，而我却毫无防备地被推进了那像火药爆炸的意外里：是游击队员还是里斯本在谋杀我们呢，是里斯本、美国人、俄国人……还是这群狗娘养的串通一气，以我想不到的利益为名恶搞了我们，毫无预警地把我投入这片充满赤色沙尘、迢递偏远的世界尽头，让我在这里和老上尉下着象棋，他刚从中士升上来，身上散发出忍气吞声的更年期办事员的气息，正

---

1 安哥拉人民解放运动（Movimento Popular de Libertação de Angola-MPLA），成立于1956年12月，自1975年安哥拉独立以来一直为执政党，其武装力量是安哥拉人民解放军。

受着慢性结肠炎的折磨。谁能给我解释这种荒诞？收到的家信向我描述着一个因距离遥远而变得陌生且不真实的世界。我在日历上画着叉叉数着与归期相差的日子，却只发现自己面前是一条日月织成的无尽隧道。我怒吼着冲入这条漆黑的时间隧道，仿佛一头受伤迷惑的公牛，不明所以然，也无法明其所以然，最终只能把忧伤湿漉的口鼻埋入军粮意面的鸡骨头里，就好像是在这里，你知道的，在你的陪伴下，感觉自己是一匹马，把鼻子埋在装满伏特加的饲料筐里，咀嚼那带有柠檬酸涩味道的草料。

　　晚饭后，军官们的吉普车在茅草屋间绕来绕去，犹犹豫豫的车灯如萤火虫般闪烁；闷热空间里快速且廉价的爱抚，在飘忽不定的汽油灯芯的照耀下，土墙被笼上了一层宛如教堂的颜色。男人们来的时候口袋里揣着防治性病的软膏，他们拉开好像粗布外阴一样的襟门，而牙齿被磨成三角形的女人们蹲在床上，冷漠地瞧着这一切。她们失神的轮廓好似毕加索笔下的某些肖像，微扬的嘴唇上飘浮着轻蔑游移的格尔尼卡。同一张床上，照例还睡着她们的儿女、几只母鸡和某个老朽的男性长辈，他迷失在木乃伊的梦魇里，咕哝着梦中的古埃及文字。中尉性交的时候帽子反戴，腰间还别着左轮手枪。勤务兵手持来复枪替他放哨，警惕地环视四周。负责军事行动的长官从卢祖城弄来了一台缝纫机，一大清早就车起了裤脚。一个光彩夺目的黑人妇女陪在边上，垂着充满活力的乳房，好像哺育了罗马奠基人的母狼。下棋的老上尉端坐在方向盘前，用小卷薄荷糖作为交换，让尚未发育的女孩子们替他手淫。"白人拿着鞭子来了，"安哥拉民兵边弹吉他边唱，"白人拿着鞭子来，抽完酋长抽村民，白人拿着鞭子来，抽完酋长抽村民。"但愿你能知道，什么是半夜被尿憋醒，在一个没有月亮的夜晚，跑去外面小便，周围空无一物，没有月光，没有房屋，没有人影，只有自己那看不见的嘘嘘声。夜空的形状像切了半拉的橙子，冰冷的星星太过遥远，太过渺小，太过遥不可及，似乎立刻就能消失不见，因为清晨突然就会来临，接着就是明晃晃的白天。在夜半醒来，在寂静与沉默中感受，你知道的，非洲那无法数得清的睡意，而我们就在那里，两腿分开，穿着衬衣和短裤，渺小、脆弱、滑稽、奇怪，既没有过去也没有未来，抓挠着睾丸上的湿疹，在对狭小当下的惶恐中飘浮。那个时候，你一定已经斜倚在这间酒吧里，左手持着同样的香烟，右手拿着同样的酒杯，眼睛里是同样的彻底的漫不经心，一成不变地一动不动，在凳子上坐着，宛如一只涂着眼影的小鸟停在树枝上，手势随着音乐精准地晃动那些印度手环。我喜欢你的手势，这般自如，这般缓慢，就好像钟面上人物的手势，固执地按照既定的路线移动，撒好尿后，尿液在地上噗噗冒泡，好像膀胱，你知道的，是一只正在沸腾的茶壶。我回到屋里，在医务室釉白色的床上舒展身体，直至第一声起床号把我从水雾弥漫的梦中突然拉出来。这不毛之地时不时会有人意外到访：有被空调甲醛保养着的罗安达参谋部长官们，有亲吻病人的年过半百更年期燥热的南非女士，还有两位杂志的封面女郎，在桌子搭成的舞台上，伴着声嘶力竭的手风琴声，胡乱地摆动肥胖的大腿；她们在军区食堂里，坐在司令身边吃晚饭，因骄傲而面色发光的司令用犯错少年的微笑掩饰着自己的羞怯。与此同时，和女佣发生关系的中尉则在她们身边转来转去，在无声的亢奋中嗅探其大开的领口。懊丧的神父低下贞洁的眼睑，如看祈祷书般盯着汤水。

"存了整整四十年的精液啊，"从远处打量他的老上尉估计道，"一旦那家伙高潮起来准能把我们都淹死在他的圣水里。"

在警员的监护下，封面女郎最后在国家安全警备署的办公点里过了夜，这些脾气暴戾的警员眉头紧锁，如同面临着无法识别的威胁。据说，警长的老婆是一个瘦瘦的西班牙女人，外形酷似风光不再的柔术演员，说话时像在马戏团里那样大喊大叫。她亲自上阵折磨囚犯，发明出各种让人殉难的手段，却不及圣安唐门前的卢克雷西亚·博尔贾那般优雅。后来，我听说在卡桑热下区，为了庆祝村子的落成，绞死了一个金加人；我还听说黑人们在雨林里挖了个洞，自己爬进去，耐心地等候别人用枪打爆他们的脑袋，然后盖上沙砾，尸体的鲜血上仿佛盖了一层沙毯。

"狗娘养的，狗娘养的，狗娘养的。"中尉目瞪口呆，反复叨念。

"白人拿着鞭子来，"安哥拉民兵边弹吉他边唱，"白人拿着鞭子来，抽完酋长抽村民。"

# F

你是不是已经发现了？夜里这个时间，酒喝到了这个程度，我们的身体便会开始慢慢释放自己，烟点不上，酒杯握不住，游移迟钝，就像有果冻在衣服里面漫无目的地游走。照我说，凌晨两点开始，酒吧的魅力不是让灵魂从它人间的躯壳中解放出来，接着像祷告书里的死者一样，在白色雾幕中神秘地飘浮着直升天际，而是肉体带着些许惊讶，从精神中解脱，像融化的蜡像般糊成团，开始跳舞，直至化成拂晓时悔恨的泪水。此时，第一缕斜照的曙光用 X 光的冷漠，无情地向我们展现那无可救药的悲伤和孤独的骨骼。倘若我们认真观察自己，是的，便能开始清楚地看到我们骨头的轮廓，像逗号的黑眼圈，像闭音符号的嘴角，假扮成忧郁的微笑上，挂着已经枯萎的讽刺残余，如同伤员一动不动的手臂。旁边桌上的那个男人，在第十杯卡丽翡红酒下肚后，便向左舷倾斜了十七度，僵直一如圣床上套着丝绒外衣的比萨铁塔，立马就要轰塌，他也许是阿美迪欧·莫蒂里安尼，在杯底找寻某张遇害女子的面庞；也许，镜子旁边那个戴眼镜的男人身体里面住着费尔南多·佩索阿[1]，他那梨味烈酒中，悸动着《海洋颂》里的舵盘；也许我的兄弟司各特·菲茨杰拉德、那个布隆丹[2]觉得长得像爱尔兰橄榄球中后卫的家伙，会随时坐到我们的桌边，为我们解释这夜晚绝望的温柔与无法成真的爱。因为，你也知道是怎么回事，伏特加让时间模糊，使距离消逝，你在现实中的名字是艾娃·加德纳，一个星期能干掉八个斗牛士和六箱洛根烈酒。至于我呢，我的真名是马尔科姆·劳瑞，肤色黝黑好似埋葬了战友的坟墓，我撰写不朽的长篇小说，"你爱你的花园吗？别让你的孩子们把它给毁了"[3]。我的尸体将被抛到书的末页，就好像一条死狗被扔到谷底。今天，我们全都涌到这无辜的粉色拉

---

1　费尔南多·佩索阿（Fernando Pessoa, 1888—1935），葡萄牙诗人。葡萄牙后期象征主义代表人物，也被认为是继卡蒙斯之后葡萄牙最伟大的诗人。除本名外，还使用过阿尔伯特·卡埃罗（Alberto Caeiro）、阿尔瓦罗·德·冈波斯（Álvaro de Campos）和里卡多·雷耶斯（Ricardo Reis）等笔名，每个笔名分别代表不同的风格。一生共创作诗歌千余首，但生前只出版了诗集《使命》和用英语创作的《英语诗集》。

2　安托万·布隆丹（Antoine Blondin, 1922—1991），法国作家、记者，被认为是一个激烈的无政府主义者，曾经以自身在奥地利集中营的经历写出了处女作《旷野欧洲》，此后又陆续发表了多部小说，其中《雅第斯先生》是其最负盛名的小说。

3　原文为西班牙语：Le gusta este jardín que es suyo? Evite que sus hijos lo destruían.

帕区，这是卡洛斯·波特略[1]笔下拉帕的仿制品。当我们沉默的宿醉如潮水般退去，时不时地，"女王殿下钦定"[2]，表面上会闪耀着天才的光芒。在我们涂过圣油的脑袋上方，尊尼获加圣灵威士忌的火舌吞吐盘旋：郁特里罗一边画明信片的图，一边又把图揉成一团；苏丁创作了合唱团男孩和倾斜的房屋；高美士·里奥少年老成，单纯无辜，却生活悲惨，只能发出呐喊。而我们两个，惊讶地观察着，马戏团音乐伴奏下，这场崇高小丑们的游行。你可能会觉得奇怪，但我一直生活在一栋古老的、犹如自身魅影一般的房子里，身边围绕着幽灵，从两侧用石菠萝装饰的大门到装有解剖学骨头的箱子，它们无处不在。那个骨头箱子被安置得妥妥当当，在贡香和坏疽的甜味里等待我对它展开研究。院子里，野猫躲在无花果树的枝杈间，好似鬼鬼祟祟的果实，眼角滴下混浊的绿色液体，那是一闪而过的猜忌。暖炉的玻璃上，韦尔德[3]诗句中乳白色的光亮缓缓升起；客厅里，肯塔尔[4]的肖像散发着禀赋燃尽后令人痛楚的美丽，他那海洋般杂乱的金黄色

---

1 卡洛斯·波特略（Carlos Botelho, 1899—1982），葡萄牙画家，是葡萄牙现代最有影响的艺术家之一。

2 原文为英语：By appointment of Her Majesty the Queen.

3 韦尔德（José Joaquim Cesário Verde, 1855—1886），葡萄牙诗人。创作风格接近于帕尔纳斯派，其中最著名的《一个西方人的情感》为纪念卡蒙斯三百周年所作。后因肺结核去世之后，其好友将其作品汇编成《塞扎里奥·韦尔德》出版。

4 安特罗·肯塔尔（Antero Tarquínio de Quental, 1842—1891），葡萄牙诗人、哲学家。参与创立第一国际葡萄牙支部。主张文学应具有社会效应，是当时的新文学流派"七十年代派"代表人物之一。后期因父母先后去世、国家衰落而倾向悲观主义，最终自杀身亡。

大胡子上漂浮着海难中破损的三行诗残句，使祖辈们谦逊的八字须相形见绌。我的父亲，像摩门教徒那般瘦骨嶙峋、棱角分明，坐在扶手椅上神游，在烟斗状巨轮烟囱的推动下随波漂荡。阴影在隔壁的楼房上投下了诸多几何形轮廓，仿佛出自忧伤的苏拉热的画笔。此时，我正在房间里本菲卡球队的彩照下自慰，期待着某天能成为文学界的阿瓜斯，半蹲在中场，带着胜利的铁饼运动员大理石般的冷傲，向整个宇宙发起挑战。

在这块迢递偏远的不毛之地，我隐藏在下发的迷彩服里，看上去就像一条沮丧的变色龙。乘坐纸书船去斯德哥尔摩的旅行一再延期，为的就是坐上直升机，膝盖间放好血浆袋，去雨林接那些遭遇埋伏的伤员。幸存的人惊恐万状，像举起海难中失事的尸体那样，托起伤员传给我们。在临时搭建的手术室门外，晕血的护士官身子弯得像把小折刀，把午饭吃下的豆子全吐在了凳子上。而我，因愤怒而全身紧绷，想象着，倘若我的家人能戴上宽檐帽，像伦勃朗《解剖学课》里画的那样一起观察我这个大夫，必定会感到心满意足。我终于如其所愿成为一个称职负责的医生，那些揣着惊恐与不解、在丛林路上穿梭的葡萄牙帝国的英勇捍卫者，被我拿针线缝合了起来，"令我痛苦的，是每一个人身上惨遭谋杀的莫扎特"[1]，我愤怒地自言自语着，一边为大腿骨清

---

1 原文为法语：C'et un peu dans chacun de ces hommes Mozart assassine，出自法国作家安托万・德圣埃克絮佩里创作的回忆录《人的大地》。

创，缠绕止血带，调整氧气瓶阀，做好截肢的准备。天一破晓，葡萄牙空军的小飞机就会把这些伤员运往卢祖城。与此同时，担架员在一旁的屋子里寻找献血者的血管，而中尉则不安地盯着我的每个动作，越来越紧张。对我而言，言语从未像在这遍地灰烬的时刻那么肤浅，它们丧失了往常我所赋予它们的意义，没有分量，没有声音，没有内涵，也没有颜色。当我清理断落的残肢，或把剩余的肠子重新塞回肚内时，抗议示威对我来说从未那么空洞，巴黎雅各宾派的政治流放也从未像现在这样愚不可及："如果有人问起我为什么继续留在军队，我会回答：革命始于内。"那位上尉如是解答。他戴着金属线框眼镜，手指粘连，永远没在香烟的烟幕后。正是这位上尉，曾拔枪指着一个猛踢怀孕姑娘的精瘦秘警，并不顾其暴怒下的威胁，把他赶出了连队；正是这位上尉，有着一整箱一整箱的外国书本和杂志，告诉我所不知道的一切；也正是这位上尉，几个月后与我在河边铁网密布的宁达岛上会合，在一个没有指南针的长夜中，结伴过江。

卢查泽斯部落的鼓声是恐慌失措、悸动过速的心脏协奏，被暗夜所困，无法失控猛冲向自己的焦虑不安，就好比是我颤抖的双腿，在这张和我一拍即合的桌面下向你的双腿靠去。鼓手们的眼眶像煮熟的鸡蛋般泛出荧光，没有瞳孔，那光亮，或源自绷拉羊皮鼓面而点起的干草堆，或源自摇摆晃动的臀部，悬于虚空之中，好似远去的火车车灯。每个茅草屋的边上都摆着一个和它相似的小模型，用来献给主宰祖先及亡者的巫毒大神。屋子的轮廓模糊不定，令人恐惧不安，土狗惊惧的吠声混夹着孩童的啼哭以及母鸡充满疑惑的咯咯声。这些身有缺陷的禽鸟，只能是命里注定要被烧烤了吃掉。黑暗被凿成一条条长廊、一个个过道与一级级台阶。声音从中穿过，在绝望中找寻，它把阴影层层揭开，变换着脸庞，在静寂的空无一物的抽屉里翻搜着自己的回声，就好像有时我们看到柜子夹层里已被遗忘的物件会感到恐惧惊讶，因为它们无情执拗地让我们忆起了曾经的自己。非洲人身体里的汗水油腻黏湿，与我那沿着脊椎滑下、悲哀颤抖的汗滴有着全然不同的构成。我忧郁地感到自己要继承的是一个手足无措、衰老垂死的国家，是一个长满宫殿形肿瘤和病态教堂形肾结石的欧洲，而眼前面对的却是一个活力无限的民族。这份活力，数年之前，我在路易斯·阿姆斯特朗那充满阳光的小号声中便早已感知。此时，在我那被秘密警察和审查制度阉割了的里斯本城里，严寒中的人们在公交车站上挤作一堆，嘴里呼出的圈圈雾气，是连环画上已被政府禁止的故事对话圆框。我的父亲打着赤膊，在洗手间的镜子前刮胡子，动作一如既往地迅速准确；我妻子的子宫中，一个即将出生的婴儿盲目地挥舞拳头，捶打肉体牢笼的栅栏；我的母亲躺在黑色的大床上，睡意蒙眬间把手臂伸向早餐拖盘，在我眼中，那张床一直以来都是家庭的象征。我想到，因为害羞或尴尬，自己其实从未表现过有多爱他们，这份多年来压抑的柔情在我口中泛起了一丝悔恨的苦涩和痛苦，因为

48

我曾辜负他们小小的愿望，让自己的人生一直充满了跌宕起伏。融汇组合了弗洛伊德、歌德和圣方济各的宏伟计划，在我悔恨的脑海中开始萌芽，犹如中学实验室里裹在湿棉花里的豆子，其实是愚笨的拉瓦锡们玩的口袋戏法：我怀着圣地亚哥朝圣者的狂热虔诚对自己发誓，若能站着回去，定要倾尽全力，从自己混沌的一无所有中，按照祖母祷告书中亡者的圣像模型，立起一尊完美丈夫与完美儿子的铜像，这些都是具备小德兰圣女德的人。在他们脸上，我只见过顺从的微笑。或许我会报名参加童子军团，戴上哨子，穿起短裤，耐心权威地引领一群长痘的少年穿过马车博物馆，或在街角游逛，搜索难以过马路的拄杖老者。只要能让我把一直以来就有的、从晚饭后和入睡前的空当中那难以忍受的宁静中逃离的有害念头赶跑，我还可以成为圣礼兄弟会的修士、管弦乐团的黑管手或者假牙收藏家，脑海中那个执着地命令自己成就佐罗式伟业的小声音也终将被我关停。在圣母教堂圣礼圣餐的安慰下，我会用对天主的服从承受苦楚的病痛直至离世，此刻，轮到我成为祖母祷告书中万圣团的一员，加入整整一长廊无趣的好心人之列，我将被指定为子孙后代的楷模，而他们其实根本无动于衷，对于我荒谬无力的存在表示嫌弃。

# G

　　宁达。东部太过漫长的夜晚里宁达岛上的桉树。树上触目尽是虫子，上面干枯的叶子如同没有口水湿润的颌骨那样发出声响，这样的干燥如同我们在黑暗中紧绷的嘴：战斗从村子另一头的飞机跑道那边开始打响，平原上晃动的灯光忽明忽暗，打着摩斯密码。大大的月亮斜照着活动营房、有沙袋和木桩保护的岗哨和长方形镀锌弹药库。急救点门口，尚未睡醒的赤裸的我，看到战士们手持武器向铁丝网的方向冲去，然后是声音、呼喊、来复枪发射时喷出的红色曲线，那一切，气氛紧张不安，缺乏像样的食品，住处粗糙简陋，水在过滤后变得像纸浆糊般难以入口，还有战争那难以置信的偌大荒谬，都让我感觉身处于不真实的、波动的、异常的氛围之中，就像后来在精神病院里所遇到的那样。里斯本用这类一贫如洗的小岛来防守，在上面围了一圈圈土墙和铁网，就像我们的身体组织，当需要抵御外来异物的侵袭时，就会把它们裹在纤维胞膜里。我们住在破败的病房里，穿着病号服，在营房操场的沙地上放逐我们那无法交流的梦想和混乱无形的焦虑，藏在床底下箱子深处的家信和照片是反转的望远镜，回望过去，那些史前遗迹或许能让我们像生物学家钻研某段指骨那样，设想自身痛苦的异样骨架。

我一直会想，当听到广播里的出院通知时，我们就必须要艰难地重新学习如何生活，就像偏瘫病人在器械上或游泳池里练习那如面条般难以掌控的肢体，我们也许将永远无法行走，只能像瘫痪病人那样逆来顺受，坐在轮椅上，旁观日常生活中简单的点点滴滴，就像《摩登时代》里的卓别林看着自己被骇人的机器无情地绞碎：逃离了门卫，逃离了医生假装出来的那种可以印到贺卡上的友善，沿着山坡往下，我们慢慢发现，城市几何形的早晨被瓷砖墙切割成了一块块褪色的菱形。我们走进幻影似的牛奶棚喝上第一杯自由的咖啡牛奶，看着退休老人玩多米诺骨牌，他们一成不变的姿势和塞尚画笔下玩纸牌的人一模一样，然后便会觉得自己已彻底不再属于这个清晰直接的世界，在这个世界里，事物有着事物应有的连贯，没有遁词花招，也没有弦外之音，尽管存在着咽峡炎、收税人和汽车分期付款，你知道是怎么一回事的，日子还是能给我们带来惊喜，就像第二十名中奖者那样，赢得主动送上的微笑。比方说你这个人，看上去就像一个清爽能干、没有头屑的行政秘书，你能在博斯的画中呼吸吗？被淹没在画里那些魔鬼、蜥蜴、蛋壳里冒出的侏儒精和惊恐黏稠的眼球之中？我躺在一个坑里等待战斗的结束，望着桉树笔挺的轮廓，像是高顶礼帽，好似双人决斗时阴郁的公证人，汗津津的双手握着毫无用处的G3自动步枪，嘴里叼着香烟就像油炸肉丸子上插了牙签，我发现自己变成了贝克特戏剧里的人物，等待迫击炮弹能像拯救我的戈多一样到来。还未下笔的长篇小说堆积在我脑海的阁楼里，犹如一堆老旧机器拆下的零散部件，让我无力组装；未能和我亲密的女人，像自然科学课上的青蛙那样向别人奉上张开的大腿，我饥渴如小刀的舌头却无法上场将她们剖开，等待出生的孩子只是某个遥远下午托马尔军营里不能成真的白色凝结物，在军官食堂的某个房间里，敞开的窗户正对操场，合欢树叶上的阳光结成了块。而我们，正在床上欢庆那炽热却又转瞬即逝的欲望礼拜仪式。托马尔：床垫像鞋底般咯吱作响，迫切的拥抱、勃起的阴茎，带着湿润的饥渴，血脉偾张，如佩萨尼亚[1]诗里所说，如花般艳红，被她的手抓着，在胸间摩擦。她的口，吮吸着，足跟在我的臀上来回耕作，然后，是精疲力竭的寂静，如同提线木偶离开了手指那般。如今，当我再见到她时，就像是在观察墙上画框印下的苍白的长方形

---

1 佩萨尼亚（Camilo de Almeida Pessanha, 1867—1926），葡萄牙诗人，曾在中国澳门生活多年，担任过中学教师，后因吸食鸦片患肺结核而死。诗集《漏壶》是葡萄牙象征主义文学的代表作。

痕迹，而我们却已无法回忆起画布上的图案，她那老去的严肃面孔竭力装出一种从来都不属于她的友善表情。而我，则费力地试图在其中分辨出那张曾经爱过的青春快乐的脸，微蹙眉头宛如夜色里的花冠，沉浸在自己的愉悦之中。然而，你知道吗？尽管岁月流逝，尽管曾经有过苦涩、和解的失败、互相撒谎的伤害、最终决裂的失落，但她就是通过这种方式长存在我心里：我在海滩上认识的那个女孩，深褐色皮肤，人很瘦，严肃的大眼睛。那时的她注视着浪花，傲慢游离，像百无聊赖的肉食动物，突然离群蜷缩到痛苦与静止的冥想之中，把我们一脚踢到堆满被遗忘的废物的暗角。你记得保罗·西蒙的声音吗？

问题都只在你的脑海里

她对我说

答案很简单

如果你用逻辑去思考

我愿帮助你挣扎

去获得自由

肯定会有五十种办法

让你摆脱你的爱人

她说这确实不是我的习惯

来介入

不过，我希望我的意图

不要被忽视或误解
但我必须得重申
冒着被你认为残忍的风险
肯定会有五十种办法
让你摆脱你的爱人

就从后面溜出去嘛，杰克
想个新的计划呀，斯坦
不用感到难为情啊，罗伊
解脱出来就行
跳上巴士吧，格斯
你不必多费口舌
只需把钥匙扔掉，李
这样，你就获得自由啦

她说她是如此难过
看你这样痛苦
真希望能为你做些什么
好让你重新微笑
我说我感激你的好意
不过能否请你解释一下
那五十种方法

她说为什么我俩

今晚不将它抛在脑后

我相信明天一早

你就会开始看到其中的奥妙

接着，她吻了我

而我意识到她应该是对的

肯定会有五十种办法

让你摆脱你的爱人

五十种办法去摆脱你爱人


就从后面溜出去嘛，杰克

想个新的计划呀，斯坦

不用感到难为情啊，罗伊

解脱出来就行

跳上巴士吧，格斯

你不必多费口舌

只需把钥匙扔掉，李

这样，你就获得自由啦[1]


宁达：铁丝网边的玉米叶子一整个晚上都在翻动干枯的叶面，巫师残暴贪婪地吞噬着被斩杀的鸡的脖子。上尉和

---

1　原文为英语。

我在餐厅桌上的面包屑和果皮堆里下象棋，犹豫含蓄地走一步兵，就好像用手指害怕地去触摸一粒已经发炎的痤疮。我俩或者也会走到屋外谈心，坐在火药桶板弯成的椅子上，在一片漆黑中，通过自己声音传来的回声来估算对方的大致方位，仿佛是着急地相互找寻的蝙蝠：在我体内杂乱无章的格雷万蜡像馆里，住着医生和诗人，在费尔南多·科斯塔将军贞洁的批判的目光下，维萨里[1]和博卡热[2]讨论着私密滑稽的人体构造细节，将军曾在《伯特兰年鉴》里发表过十四行诗，儿时的我曾恬不知耻地抄袭过他的句子。那些廉价包装似的比喻句，如玻璃弹珠般闪闪发亮，让我如痴如醉。一群莽撞的大胡子文化人猛冲进来，一会儿唱《国际歌》，一会儿又唱《马赛曲》。他们自说自话地扮起了政客儒利奥·丹塔斯与奥古斯都·德·卡斯特罗博士，还有其他好几十位厚脸皮人物坐在帝国牌沙发上，谈论着用绣花针刺出来的无聊历史剧。上尉向我做了大致介绍，一个是在远处打量我的马克思，口中嘀咕着只有他自己领口听得到的、晦涩难懂的经济学机密；一个是头戴假发套的列宁，在一群穿长大衣的情绪高涨的人中密谋。柏林的街道上，还有情绪激动的罗莎·卢森堡一瘸一拐，饶勒斯在饭馆里被枪杀，脖子里塞着

---

1　安德雷亚斯·维萨里（Andries van Wesel, 1514—1564），文艺复兴时期的解剖学家、医生，被认为是近代人体解剖学的创始人。

2　曼努埃尔·马里亚·巴尔博扎·杜·博卡热（Manuel Maria Barbosa du Bocage, 1765—1805），葡萄牙新古典主义诗人，曾到过印度和中国澳门，所作诗歌采取多种形式，以十四行诗最为出色。

餐巾，像芝加哥黑帮成员那样死在理发店的转椅上，在镜子和瓶瓶罐罐的破碎声中不停旋转。我想象自己和他们一起冲到家中，看着亲戚们一边惊恐地逃往他们小集团主义偶像的势力范围，一边朝社会主义的吸血鬼挥舞着像大蒜串那样有驱魔作用的圣西娅护身符，因为这些吸血鬼耸人听闻地威胁说，要把家中祖传的精细瓷具充为国有。沙土上泛黄的灌木因贫血而长得东倒西歪，在它们的掩护下，夜里外出保卫营地的小分队在黑暗中返回，越走越近。他们从飞虫爬满得好似灯罩一般的路灯下经过，悄无声息地散开回到各自的棚屋营房。营房里，士兵们横七竖八地躺着，就像被堆到了奥斯维辛集中营的土沟里，身上散发的体味越浓，睡得就越死。于是，我问上尉，他们把我的人民变成了什么样子，他们对我们做了什么。在这片望不见海的风景里，我们被囚禁在三层破铁丝网中，在这块不属于我们的土地上，坐等疟疾和枪炮带来的死亡，枪炮呼啸作响的轨迹好像震颤的尼龙线，为我们输送补给的部队从不定点出现，他们的到或不到取决于途中不断的事故、埋伏和地雷。与我们作战的是看不见的敌人，是永无止境的日日夜夜，是思念、愤恨、追悔，是丧礼黑色面纱般厚实晦暗的黑夜，我把它拉过来盖在脸上，只求得以安睡，仿佛孩提时代扯起被单边，来抵挡脑海中幽灵闪烁着蓝光的眼睛。

告诉我，你是怎么睡觉的？是肚子朝下趴着，大拇指含在嘴里，自我放逐于依稀尚存的婴儿的脆弱之中，还是戴起黑眼罩，塞上耳塞，像过气的美国电影明星，抑或像那些蛇蝎美人那样？孤独、香槟、因离异而起的噩梦、整容手术和那种酷似漫画版的奥黛丽·赫本的硬毛狗的吠叫将她们逼到绝望的边缘。我觉得你肯定会在关灯前读一些深奥的诗歌，写这种诗的家伙全都留着复杂的八字胡。他们有时会来到这里，把十足的平庸隐藏到金菲士酒后去，享受平胸女孩们的崇拜，胡乱地抽着皱巴巴的高卢牌香烟，贪婪的样子活像周日的收容所里老太婆狼吞虎咽的那块海绵蛋糕。你卧室的墙上肯定会有一幅维埃拉·达·席尔瓦[1]的版画，床头柜上肯定会有一张三流影星的照片。你们保持着一段不存任何幻想的关系。早晨，你会在像永久徘徊于虫蝶之间的蛹般的麻木中起床，睡眼惺忪，跌跌撞撞地进入厨房，在一堆没洗的锅碗瓢盆中匆忙喝下第一杯雀巢咖啡，不切实际地幻想。咖啡会向你保证。事实上真有一位身穿西装马甲的资深高管，他很能干，正在经营某个买卖香皂的跨国公司。他温柔睿智，两鬓花白，打着佩斯塔纳布里托的名牌领带。此人，正如星座运势预测的那样，为你存在。至于我这边，你也知道是怎么回事。我对人生的要求不多：女儿们在某栋房子里长大成人，我对房子的记忆却日益模糊。房内的家具浸泡在阴郁过往的覆水之中，我遇见过的那些女人，在对彼此失望的平静中，被我抛弃或者抛弃了我，不带有一丝可以证明或许曾有

---

1 维埃拉·达·席尔瓦（Maria Helena Vieria da Silva, 1908—1992），葡萄牙抽象派画家。

真爱的悔恨，于是，在一层对我来说过大的楼里，我索然无味地老去。夜里，坐在空空如也的书桌边，透过关着门的阳台凝望着河水的涌动，阳台玻璃上反射出一个纹丝不动的男人，手托着下巴。我拒绝承认那人就是我自己，而他却耐着性子，执拗地注视着我。也许是战争帮忙塑造了现在的我，这个连我内心深处都不愿接受的自己：忧郁的单身汉，没人打电话给他，也没人等他打电话过去。他时不时地咳嗽几下，想象着有人陪伴左右，清洁女佣会发现他坐在摇椅上，穿着内衣，张着嘴，青紫的手指里拽着一缕带有十一月色彩的地毯毛边。

# H

你听我说。看着我，听好。我是如此需要你来倾听，迫
切认真地倾听我的诉说，就像我们听无线电里分队遭遇炮火
攻击时的呼救、通讯兵叫喊、求助的声音，如同在海难中被
吞噬的呼救声，忘记了代号的安全性。上尉带着六七个自告
奋勇的战士，迅速跳上了奔驰军用车，可刚开出铁丝网区就
在沙地上滑进了埋伏圈。听我诉说吧，就像是我俯身靠到
本队第一位阵亡战士的嘴边，绝望地期待他还在呼吸。我
用一条毯子把他包起来，放到我的房间里。那时是午饭以
后，一种奇怪的麻木感沿着双腿爬上来。我关上房门，高声
宣布："你好好睡个午觉吧！"外面的战士们望着我，鸦雀无
声。"这次可真没有什么奇迹了，弟兄们。"我盯住他们，心
想。"他正在午睡呢，"于是我解释道，"正午睡呢！我希望

你们不要吵醒他，因为他不愿意醒过来。"接着，我便去处理其他帆布上抽搐扭动的伤员。在我眼中，宁达的桉树从未像那天下午那般，巨大、漆黑、高耸、笔直、骇人。协助我的护士操着北方口音不停地重复："操，操，操。"我们来自被堵住了嘴巴的祖国的四面八方，为的就是死在宁达，我们从那石与海的忧伤国度赶来，为的竟是死在宁达。"操，操，操。"我用自己有教养的里斯本口音跟护士一起重复，上尉跳下奔驰车，精疲力竭，拿武器的样子就像提了一支无用的钓鱼竿。村子里的村民在下面担惊受怕地张望。你听我诉说吧，就像是我听着自己的血液在太阳穴这边痛苦地急速跳动，太阳穴里边，我的血液完好无损。透过阳台上的破洞，我看着上尉来回走动，如紧握临终圣餐般抓着一杯威士忌抵在胸口，喃喃自语。每个人都在自言自语，因为没人可以跟别人交谈。上尉的酒杯里是我的鲜血，噢，拿去喝吧，国民联盟党。房间里，死者的尸体慢慢膨胀，直至挤爆了墙壁，在沙地上蔓延开去，去灌木丛里寻找击中他的那颗子弹的回声。直升机把尸体送到了加古科蒂纽镇，就像有人把见不得人的垃圾扫到地毯下面。葡萄牙死于公路交通事故的人比在非洲殖民地战争中死的还要多，这微不足道的伤亡率，等我回国再见吧。护士官把手术工具收进搪瓷盒里，手术刀、镊子、持针器、探针，坐到我身边急救点的台阶上。急救点看上去像一栋度假小别墅，忧郁的退休老人，年老的总管，处女保姆。宁达的桉树不停地生长，你和我此时坐在这里，一如当时的他和我。一九七一年四月，我的家乡、我怀孕的妻子、我那些长着蓝眼睛的兄弟们都在万里之外，他们写来的深情的信，总能让我内心泛起阵阵温情。"我操。"护士官用手指边擦靴子边说。"没错。"我附和道。同时我还觉得，迄今为止，自己还从未与任何人有过如此漫长的交谈。

你听着：在这之前还有费雷拉的腿，或者说，是费雷拉的腿没了，他被防步兵地雷炸成了奄奄一息的袋子；下士马松吉迪的大腿成了碎布条，我甚至还从里面挖出了鞋带扣子。清晨的凉爽仿佛降温贴敷在我茫然的额头上，我穿着沾满了血迹的衬衫走到急救点的屋檐下，被无情的日光照射到，感觉就像是被人臭骂了一番。如果革命结束了，你知道的，就某种意义而言，它真的结束了，那是因为死在非洲的人已入土，无法抗议，而右翼党派每时每刻还都会将他们重新杀死。我们这些幸存者仍然对是否存活下来充满疑惑，只要没法挪动，就会害怕意识到自己的手势里没有肌肉，自己的言语里没有声音，意识到自己已经和他们一样死去，被安置在铅制棺材内，随军神父为我们祷告。尽管棺材都是密封的，还是会有一股浓厚的腐臭味逃散出来，一口是下士佩雷拉的棺材，一口是卡朋特罗的，一口是马卡库的。马卡库是被地雷炸死的，地雷在离我五十米开外的地方爆炸，沙包把马卡库弹到侧翻倒地的汽车方向盘上，挤碎了他的肋骨。我想给他做心肺复苏，可他没有骨头的胸口软绵绵地咔嚓作响，我的手掌好似在挤压一堆混乱的面团。就那么一声巨响，马卡库就变成了一只填了破布和木屑的木偶。上尉消失在军用食堂的小屋子里，回来时杯子里又多了些威士忌。平原的颜色渐渐褪去，预示着夜的来临。一直重复说着"我操，我操，我操"的护士走过来蹲在我们旁边；我们闭着嘴，心里都在骂着"我操"；上尉对着威士忌酒杯暗暗地骂着"我操"；值日官在旗帜前立正，边用手指调正军帽边大骂"我操"；野狗在我们的脚踝上蹭来蹭去，瞪着乞怜的水汪汪的眼睛，低叫着"我操"。它们那哀求的目光宛如酒吧里这群人的眼神湿漉漉的，带着逆来顺受和愚蠢的柔情漫无目的地漂浮在白兰地之上，控诉自己那死人般的脸，空洞无物，不带云彩，好像是在马格利特的画中，几十个蜡像人占着这间酒吧，摇晃着如瓷制马般的长脸，女人、男人。在他们充满戒备、怀有恶意的失落中，我拒绝承认自己落败的碎影，因为我坚守燃烧的荆棘丛，让激昂的忧郁被受伤的火苗慢慢吞噬殆尽。接下来，你也知道的，夜晚不期而至，如一块剧院帷幕，用无形的褶皱遮住了疲惫不堪的演员；发电机开始工作，发出和出租车一样的噪声。军用食堂的照明灯忽而苍白，忽而微红，忽而苍白，忽而微红，忽而苍白，忽而微红。我坐在上尉对面，在比切扎斯变戏法般迅速摆好的桌子上，少尉们闷声不响地埋头吃饭，好像犯错的学生。每个人都自顾自地咀嚼，相互间隔着无法逾越的万里之遥，抗拒着每一顿晚餐都会是"最后的晚餐"的想法。所有人都一样，都不愿去死，你知道的，这是唯一可能把大家捆绑在一起的纽带，我不想死，你们不想死，他们也不想死。军士长伫立在门口，他瘦瘦的，头发花白，谄媚迟疑地一直保持着敬礼的姿势，空着的那只手抱着一叠需要签署的文件。一直等到上尉终于注意到他，仰起头，骂了一句"他娘的"，他才一阵惊慌，夹起他宝贵的文件离开了。上尉把刀叉放下，摆成交叉的十字，说道："我越来越觉得这件事真是荒谬极了。"我想：这场仪式终结后，我们这里有神父的弥撒。感谢天主，请为我赐福，让我可以马上离开，走出铁丝网，冲进灌木丛，像游击队员那样兜里揣上块木薯，在我的兜里，揣上一块散发着卡朋特罗棺材腐臭的白色木薯。我站起身，遥望平原上那浮石般的月亮，脑海中突然浮现出宇航员尤里·加加林从太空返航时的微笑。"等我回家的时候，我该摆出怎样的微笑呢？"我大声发问。军士们全都转过身，吃惊地看着我。上尉伸手去拿威士忌酒瓶，仿佛是在清晨油腻朦胧的睡意里，摸索找寻床头柜上震天响的闹钟，想要关掉那撕心裂肺的尖锐铃声，不让金属的嘶叫像锋利的刀片那样戳穿我们的耳膜。

你听着：一九六二年，在里斯本大学体育场，我当着警察的面逃走，一群群学生往食堂方向仓皇逃窜。我的弟弟若昂回到家中，表情严肃地说好像打死了一个人。防暴警察戴着头盔，手握警棍和枪把愤怒地前进，国家安全警备署的车子在各个学院之间像旋转木马般绕来绕去，电视上，萨拉查总理戳着手指，这肯定是他迄今为止唯一戳过的东西。秃顶的大肚子追随者们为他鼓掌，那是圣器室里虔诚的狂热。不幸的是，德尔加多将军老矣，无力出演努诺·阿尔瓦雷斯[1]的角色，而阿维斯之主[2]也早已成为巴塔利亚城内的一垅黄土。是去打仗还是逃亡巴黎，现在你自己选吧。萨拉查这个太监是长命百岁的，法蒂玛圣母尚未揭示的第二个秘密就是萨拉查这个太监会永生。途中，军舰上的乐队奏起庆祝银婚的发霉的探戈舞曲，我是一月六日登船的。年末那天晚上，我把自己关在厕所里哭泣。一块咽不下去的国王蛋糕卡在喉咙里，我用香槟酒把它往下推，然后它狠狠地砸落到肚子里，就像大石块掉到爷爷花园的井底那样，发出"嘣"的一声，在晚饭喝下的鸡汤湖里激起一圈圈涟漪。那口井在路旁围墙边的树下，我过去常偷偷躲在那儿抽烟。看门人脱下帽子，一边挠头一边满怀敬意地解释说："我们就是需要有人来照料，少爷您不这么认为吗？"如果有人来照料我们，你想先做什么呢？带我去你家，带你去我家，替我们刷牙，把我们放到床上，与我们轻声聊天直到我们入眠，平静愉快地与我们聊天直到我们入眠，与我们聊一九七四年的五月一日，那是已被政客用无馅千层饼般乏味的激进演说糟蹋了的

---

1  努诺·阿尔瓦雷斯·佩雷拉（Nuno Álvares Pereira, 1360—1431），葡萄牙将军，在 1383 年至 1385 年的国家危机中扮演决定性角色，确保了葡萄牙从卡斯蒂利亚独立。后来成为一个神秘主义者，1918 年被教皇本笃十五世赐福，并在 2009 年被教皇本笃十六世封为圣人。

2  即若奥一世（D. João I, 1357—1433），六岁时被父亲佩德罗封为阿维斯骑士团首领，1385 年成为葡萄牙国王。

一天，街上不断地发酵着一种难以抵抗的希望。在马德拉群岛，卡埃塔诺总理的部长们吓尿了裤子；在卡西亚斯监狱，国家安全警备署的秘密警察们吓尿了裤子；在里斯本，红色火焰般的庆典到处胜利开展，"希望你们能原谅我，为我的幸福而死去的人，那些为我的幸福而死去的人"[1]。在安哥拉的旱季，雾气弥漫持续六个月之久的旱季，泛黄的草在远处燃烧。请原谅我吧，那些为我的幸福而死去的人，当我握着你的手，当我的膝盖抵着你的，当我的唇吻上你的，像夜里的花冠那样缓缓合上眼睛，我所有的昨日都浓缩到了这个吻中。也许，酒吧里这群如木乃伊般的枯槁会化为灰烬，就像白日降临时吸血鬼在铰链断裂的奏乐声中变得粉碎，我所有的昨日，你明白吧。"我们所需要的，少爷，"看门人确认道，"就是有人来照料我们。""我操。"护士官把下巴搭在膝盖上，边用手指擦靴子边骂道。首位阵亡者的尸体在毯子下面膨胀起来。其实，玛丽亚·若泽，整座码头就是一种石头般的思念。然后，我们开始迷失自己。每个军官每月三瓶威士忌，用以点燃我们惶恐机械的内心中虔诚的火苗。军士长从我身边经过，半小时内，这已是他的第十九次敬礼。"晚上好，大夫。"他消失在黑暗之中，向一堆杂乱无章的表格文件奔去。我端坐在用火药桶板做成的椅子上，想起了那个在铅棺内午睡的士兵，想起了机关枪手对着那群把我们

---

1 原文为西班牙语：Queiro que me perdones los muertos de mi felicidad, los muertos de mi felicidad，出自古巴音乐家西尔维奥·罗德里格斯的歌曲《日间小夜曲》。

派到这里来的狗娘养的大喊"狗娘养的",那是一群愚蠢刻板、发型一丝不苟的教授们,都是狗娘养的,狗娘养的,狗娘养的。托马尔部队医院的主任让人把我叫去,宣布道:"我的朋友,你已经被派去安哥拉了!"那时是八月,清晨绿色的亮光在窗户上沸腾,城市漂浮在光中,蒙香岛的倒影在水中颤抖,而我被派去了安哥拉炮兵营。"父亲,我被派去了安哥拉炮兵营。"我细微的声音就像是在告诉他大学考试没有及格。上尉走过来,坐在另一把用火药桶板做成的椅子上,酒杯里的冰块叮当作响,好似黑暗中口袋里边的硬币。"那小伙子到的时候就已经死了,"我对他说,"没有任何医疗法术能救得了他。"小伙子那一头金发让我有种被诅咒的感觉,他多像二十岁的我啊。"那群狗杂种在离山路两米的地方布了埋伏,"上尉说道,"灌木丛里有他们的血,还有拖动伤员身体留下的痕迹。"浮石般的月亮卡在桉树之间,跟枝叶纠缠在一起。上尉站起身,他的脸像极了弗里茨·朗影片里的爱德华·罗宾逊,他迈开罗圈腿摇晃着向军需仓库走去。"你要去哪儿?"我问。那个身影没有停下脚步,边走边回答:"把命根子挂到军需库里去呀,大夫,要是愿意,也可以把你的命根子给我,继续待在这里,我们还要这玩意儿来干什么呢?"

68

# I

　　究竟为什么没人说起这件事呢？我开始觉得去过非洲的那一百五十万男人从未真正存在过，而我只是在跟你讲述一些令人毛骨悚然的内容，一部情节荒唐可笑的小说，一个我创造以打动你的故事（三分之一的胡话，三分之一的豪饮，和三分之一的真正温柔，你知道是怎么回事的吧？），让你和我一起看着清晨在苍白的蓝色光亮中降临，穿过百叶窗，沿着床单往上爬，照出臀部熟睡的曲线，一个趴在床垫上的轮廓，以及我们那对交缠在赤裸麻木当中的身躯。

　　我有多久没法入睡了？我潜入夜中，像个偷偷摸摸的流浪汉揣着二等座的车票却坐在一等车厢里，神秘旅客带着我的低落，带着逼近我的尸体般的沉沉死气蜷缩起来，而伏特加让这种迟钝成为一种虚伪任性的狂乱。凌晨三点，人们看我走进还没关门的酒吧，航行在静止的死水之中，不期待任何奇迹带来惊喜，艰难地平衡着嘴角上伪装成微笑的重量。

就像是一九七一年六月二十二日希乌梅镇的那个下午，我被叫去听无线电报，女儿出生的消息从加古科蒂纽传来，一个字一个字，生、了、个、女、孩。墙上到处都贴着裸女相片，以便士兵们午睡时聊以自慰。那些硕大的乳房突然开始向我冲过来又退回去，我使劲抓住通讯兵的座椅靠背，心想："这下我完了，他妈的。"

希乌梅是安哥拉东部的最后一块不毛之地，离军队总部最远，最偏僻，也最贫困：士兵们睡在沙地上的锥形帐篷里，和老鼠们共享帆布里的那块阴影，从布里渗出来的味道就像腐烂的水果，令人作呕；军士们挤在曾是店铺的破房子里，打仗以前，猎鳄人在去河边抓鳄鱼的途中常常经过这里；我和上尉共用指挥部楼里的一个房间，蝙蝠穿过屋顶的破洞飞进来，在我们床的上方盘旋，跌跌撞撞地飞出一个个螺旋，如同被扯破的雨伞。六十个村民被困在村里，靠军营里吃剩的生锈食品罐头为生。蹲着的女人们对士兵露出那种印在马克杯上的空洞的笑容，没有门牙的嘴巴透出一种让人意外的深沉。七十多岁的部落首领穿着破烂的衣服，管制着饿瘪了的人民。他让我联想到了我母亲的一个老朋友，那位贵族妇女跟狗和几个女儿住在一层没有家具的楼里，空无一物的墙上都是画框留下的长方形印迹，橱柜的板上有一块没有粘灰的地方，表明原先这里应该摆放着汤盅。面包

70

房、牛奶铺、杂货店、肉铺等，一大群不耐烦的债主躁动不安地围在她身边，威胁地晃动尚未付清的账单。女佣们大声叫嚷，索要迟迟未发的工资。曾经在露天市场上摔角的搬运工，如今已被劣酒的怒潮侵蚀腐化，他们穿着背带裤，从楼梯上把三角钢琴推下来，好去当掉，大钢琴时不时地抱怨呻吟，发出一声声走调的"啦"。对于债主、用人、钢琴离去的哀伤、像中世纪野蛮人那样肆意在地毯上撒尿的狗，我母亲的朋友都神色威严，对这一切熟视无睹。她正襟危坐在沙发上，沙发里面的弹簧刺穿了罩布，如同老骡子的胛骨抵着肩部已磨旧的皮肤。她始终保持着流放公主的高贵姿态，对她来说，时钟的指针在往后转，指的是已逝去的时间。

像她一样，部落首领也活在过去，那时有很多女人和很多耕地。那个时期，从宁达镇到宽多河的林子都被他的村民种上了木薯，可现在已被DC-3战机焚毁殆尽，为的是给从赞比亚开过来、向万博高原进军的游击队制造障碍，以防他们把南部城市一座座卷入麾下：首领坐在摇摇晃晃的扶手椅上，那是我从医务室拿来送给他的，椅子上的白色烤瓷好似国王宝座上的钻石，在日落前的最后一线光里闪闪发亮。飞鹰盘旋出一圈圈椭圆，对这位卢查泽斯酋长的鸡群馋涎欲滴，而酋长却心不在焉，只是将圣海伦娜般的目光漫无目的地撒向平原，石化在奢华荣耀的记忆之中。战争让他屈尊干起了为军营做针线活的独特营生，如同乔治·奥内[1]小说里的俄国伯爵开起了出租车。午后，他坐在茅草屋的一台旧缝纫机前修补撕破的军裤。那缝纫机年代久远，堪比密西西比河上的明轮蒸汽船。酋长戏剧化的手势就像一个对自己的才能信心不足的魔术师，好比是我的手不停地抚摸你纹丝不动的手，我想它所能得到的也只不过是一个没有温情的转瞬即逝的夜晚。

别人的工作让我着迷，让我能处于舒服的旁观者的位置而不必承担任何责任。小时候，我常常在邻居的修鞋铺里一待就是几个小时，惊喜激动。那间极小的屋子里撒满了藩篱投下的清凉阴影，顾客是格雷考画笔下的盲人，他们把雕花的导盲拐杖夹在膝间，和屋子最里面一个敲打着鞋底的模糊人影聊天。他坐在一堵靴子堆成的墙后面，一边打嗝一边喷出杀虫剂般浓烈的酒气。杂货铺里的理发师，绕着客人听话的后脑勺划出稍纵即逝的梦幻手舞。我把鼻子贴在窗帘上，如痴如醉，惊讶到极点。母亲编织的钩针上下左右，如已被驯服的花剑，发着嗒嗒的响声在毛衣里穿梭，对我来说，这有着炉火或是大海般的魅力，它那各种各样的单一节奏常常会使我陷入催眠状态之中。我在所有能找得到的日历上，都愤恨地把战争的每一天打叉划掉。经历了几个月的战争，经历了费雷拉的腿和保罗下士的死以后——保罗是个小学老师，每夜都喝得酩酊大醉，东倒西歪，在军官食堂前高声咆哮关

---

1  乔治·奥内（Georges Ohnet, 1848—1918），法国文学家，强烈反对当时的现实主义小说。

于一元二次方程的长篇大论，一群无知的狗把他团团围住，在黑暗中愤怒地吠叫——现在，我每天日落前都会去看部落酋长做针线活，缝纫机疲惫不堪地走走停停，他那活塞杆似摆动的尖手肘，活像是一个跑步运动员，到达了一场超长比赛的终点。当他们叫我去听无线电报时，缝纫机刚好被一件少尉的衬衫噎住，线、扣子和碎布从各个生锈的开孔里被咳了出来。酋长双手抱头，焦急万分地绕着那台令人肃然起敬的废物跳脚，就好像是巴斯特·基顿在影片中围着他那些灾难性的发明打转。

等一下，让我先把酒杯满上。你要不要吸一下这片橙子？吸一下然后吐到烟灰缸里？这是一片如同十月里太阳般暗淡干燥的橙子。若你垂下眼睑去吸这片橙子，便可以不用再看我这场感情、这醉汉的感情的可笑演出。凌晨两点，当身体开始像汽车雨刮般摇摆时，这酒吧就是一艘罹难的泰坦尼克号。默然的嘴吟唱无声的国歌，开开合合是不是很像鱼儿那肿胀的唇？这个酒吧厅里有一种，你知道的，好似沉没了的西班牙盖伦帆船的东西。船上住满了漂来漂去的船员尸体，在斜酒的月光下，这些尸体脱离了椅子，漂浮在两杯水之间，舞动着海藻般空虚无骨的臂膀。甚至连服务生也变得迟缓起来，睡意蒙眬，像惊呆的珊瑚那样在吧台里慢慢扎根。酒保不时给他们闻一下梨子酒瓶，这能起到嗅盐的作用，以防他们陷入植物性昏迷。而我们在这里，也溺于水中，时不时会闭起扇贝壳形的眼睑，像鱼缸里的章鱼那样吐出言语的泡沫，被身后的音乐溶解成海潮的低声呢喃。你用雕塑般平静的耐心听我诉说（如果雕塑能够说话，他们会说什么语言呢？对着这博物馆般空旷的静寂和那些棺椁和痰盂，他们会窃窃私语些什么呢？），你倾听着我对你的诉说，是的，我被叫去听加古科蒂纽镇发来的无线电报，逐字逐字，是我女儿出生的消息，我抓住通讯兵的座椅靠背，心想，这下我完了，他妈的。

我是在，你知道是怎样的，在登船服役前四个月结的婚，那是八月一个晴朗的午后。那天留给我的记忆混乱又灼烈，教堂管风琴的乐声、圣坛上的鲜花、家人的眼泪，都赋予了婚礼一丝布努埃尔电影式的、无法言喻的温馨与柔和。短暂的周末里我们相聚，在迫不及待的怒火中做爱，并从营造的绝望的温柔中，臆测到即将离别的苦楚。之后，我们在雨中的码头道别，双目干涸，如孤儿般紧紧相拥。而此时，万里之外，我的女儿，我播下种的果实，在腹内悄悄成长可我却未能陪伴左右的女儿，突然闯进了这间贴满裸体女优日历和剪报的小发报室里，加古科蒂纽镇的军需官还用喜鹊般清晰的声音发来了全营的祝福，恭、贺、喜、得、千、金。

给我女儿和她的妈妈一千个吻[1]：有一天，我的外婆给我看了一张如叶脉标本般的薄纸片，那是法国战争时，外公就我母亲的出生回复她的电报。我望着墙上一张少女和狗互舔大腿内侧的照片，记起了一个矮小沉默的男人，满头银

---

1　原文为法语：Mille basuser pour ma fille et ma chère petite maman.

发，戴着助听器，坐在内拉什镇家中的阳台上眺望群山；我记起了很久以前某个九月贝拉省的日落时分，家人们围在我的身边，围在我兄弟们的身边，就像祭坛屏风那一种温馨又呵护备至的画面；我记起了母亲的微笑，之后，我很少看到母亲那样笑过；我还记起了爬藤植物的枝，每晚都在窗上敲打，呼唤我们加入彼得潘的神奇冒险。可现在，我独自一人靠在铁丝网上，为的是不让人看到自己的泪水。我独自靠在希乌梅镇的铁丝网上，凝望着土墙往下一直延伸到平原那边，延伸到平原之外东部那索命的灌木丛、东部那稀疏苍白的索命的灌木丛中。我想着素未谋面的女儿躺在医院某个摇篮里，在别的摇篮中间，可以透过舷窗偷看。我想到自己是多么渴望这个女儿，渴望她成为我鲜活的见证，希望通过她来弥补一些自己的错误、自己的缺点、自己的不足，弥补那些已流产的计划，还有那些我不敢勾勒无法实现的宏伟梦想。或许某天，她能写出我怯于尝试的小说，并为小说寻到精准的色调；或许她能与他人建起情感的纽带，亲密、热诚与宽容，同时让我既畏惧又渴望；或许我们可能通过耐心来达到某种默契，好让我在一定程度上为自己开脱，为何这种默契，多年以来，她的母亲都一直未曾等到。多愁善感，你知道的，常常会取代我真诚想要做出改变的念头。在大多数情况下，残忍的自私会表现成为那种怪异的自怜与悔恨，让我以它们的名义毫无顾忌地去伤害别人。第二瓶伏特加带给我的清醒是如此令人无法承受。如果你不介意，我们还是改喝白兰地吧，它那柔和的清晰为我内在的平庸染上痛苦孤独的紫色，至少能在一定程度上使我得到开脱与原谅。这难道没发生在你身上过吗？你难道从未有过想要呕吐在自己身上的念头？随着我的老去，存活的必要渐渐变得不那么紧急迫切，我更清晰地体会到自己……但是一给你白兰地：喝第二口的时候，你就能看到，焦虑会开始改变方向，存在一点一点恢复了令人愉悦的色调。我们慢慢地重新开始欣赏自己，为自己辩护，并能够将毁灭继续下去。有了食道里这块九十度的隔热胶布，我便能无拘无束地把我的故事从先前停下的地方继续讲下去：那是一九七一年的希乌梅镇，我的女儿刚出生。女儿刚刚出生，而此时，全国妇女运动社的女士们坐在美发店火星人似的风干机头罩下，应该正在想着我们；国民联盟的爱国主义者们给女秘书们买黑色的透明内衣时会想着我们；葡萄牙青年团体贴地准备取代我们的新英雄时会想着我们；商人生产廉价的军用物资时会想着我们；政府给军人妻子发放少得可怜的津贴时也会想着我们。而我们，忘恩负义却又被如此热爱着，或要走出使我们腐烂的铁丝网，在变态的地雷和埋伏中死去，或要疏忽大意地留下没有父亲的子女，在我们甚少驻足的客厅里，被教会用手指头指着电视机旁我们的相片。我开着奔驰军用车去灌木林里找身材瘦小、满脸皱纹的埃莱乌特里奥少尉。他手下的一个人被地雷炸断了腿，意识尚存，在沙地上扭动。少尉没有说话，把手搭在了我的肩上。这是，你知道吗，迄今为止难得让我感到有人相伴的一刻。

# J

让我来付账。不，说真的，让我来付。你就把我当作是一位理想的一九七九年葡萄牙青年技术专家，具备能读懂《快讯》的智慧。也就是说，一个世俗、浮躁但无伤大雅的人。至于文化修养，喜欢堂吉诃德出版社的那类读物，或者说，冗长古怪、自以为是，并涵盖了时髦酒吧、餐馆和度假村的政治内容。在公寓里配上波马尔[1]的蚀刻画、库蒂莱罗[2]的雕塑和一台老式留声机，跟某个园林建筑师保持着关系。这段关系自由、隐晦曲折，且充满暴风骤雨般的短路。她会

---

1　儒利奥·波马尔（Júlio Artur da Silva Pomar, 1926—2018），葡萄牙画家、视觉艺术家。被认为是葡萄牙当代最伟大的画家之一，属于新现实主义和新表现主义流派。

2　若昂·库蒂莱罗（João Cutileiro, 1937—　），葡萄牙雕塑家，作品以大理石描绘女性躯干而闻名世界。

在晚上把隐形眼镜放到烟灰缸里，如脱衣舞娘表演般取下屈光镜片后，她的目光便丧失了尼古拉斯·雷电影中美国女演员那种朦胧的魅力。继而，她变成了一具坎博德欧里克区的裸露躯体，毫无神秘感可言，一边还在包里摸来摸去，翻找敏高乐牌避孕药丸。我们都应该用背带，防止灵魂跌落到脚后跟去，这就是亚伯特·维达里在某间酒吧里向朋友们提出的建议。那间酒吧在一九六八年的五月风暴中完好无损地保留了下来，就像是出于不知名的原因，潮汐并未伤及海滩上的某些岩石。也许这样，我们就可以不再被自己规划粉饰的卷起来的裤脚绊倒，这些规划，一旦靠近，便能闻到恶臭。仍旧能让我相信的东西少之又少。从凌晨三点开始，未来便缩小到隧道那样令人揪心的大小，无法愈合的陈旧苦痛嘶吼着从其间穿过。这份苦痛如死亡般古老，从孩提时代起便在我们体内，生长出黏糊糊的发热的苔藓，邀约我们拥抱垂死者的有心无力。但是你知道的，也存在着那种舒缓弥漫、变幻莫测、无所不在、激情洋溢的清澈，你可以在马蒂斯的画作和里斯本的午后找到这种清澈，它就像非洲的尘土，穿透缝隙、穿透紧闭的窗户、穿透衬衫纽扣之间柔软的间隔、穿透眼睑的洞孔，还有那被扼杀的玻璃质地的寂静。不无可能的是，餐馆里的某个年轻女孩，和我们擦身而过，对我们视而不见；而盘子里的鱼头，用恳求兴奋的眼睛盯住我们。女孩那份出其不意的美丽会突然触碰到我们内心，带有渴望与幸福的绞痛的那丝意外之感。那样意外的时刻，那样出乎意料的圣诞，那样不明就里的内心愉悦，也许正是我们俩在这里、在这间酒吧里所等待的。我们希望《哈克历险记》之父就住在这里，伴着他疯狂天才的觥筹交错，坐着一动不动，如变色龙般，等待着某个想法像苍蝇那样飞来，跟着我俩灌下去的酒的颜色变换色泽。就像那天早晨我的脸变了颜色，因为当我走进浴室，发现卡丹加来的工兵正用我的牙刷刷牙，刷牙肉，刷上颚，刷舌头，刷他的一整张脸：

"早上好啊，长官。"他咧嘴大笑，边吐泡沫边说，粉色的口水顺着他的下巴直往下流。

他们是几天前到达希乌梅城的。一整队的小个子黑人，大大的脑袋，脖子上戴着红围巾。未经修剪的胡须为他们制造出聪慧的假象，仿佛是卡斯卡伊斯爵士音乐节上的萨克斯风手，这些吹奏六十四分音符的天才一定会被二分音符专家本·韦伯斯特逐出乐队。他们听命于一个中年中尉，他自我介绍，说是刚果军阀莫伊兹·冲伯的表兄弟，法语说得就像一张转速出错的灵格风唱片。

"我跟蒙博托总统很熟的，长官，"[1] 他一边提醒我，一边从肺部的阿尔塔米拉洞穴中咳出一大口痰，"他以前是比利时军队的成员。"

他们由国家安全警备署招募武装，组成了一支傲慢狂妄、毫无纪律的部队，被赞比亚电台称为"葡萄牙殖民者的

---

1　原文为法语：J'ai tâs bien connu Mobutu, mon lieutenant.

雇佣杀手"：他们从不抓俘虏，叫嚣着从灌木丛中回来，口袋里塞满了能砍就砍下来的耳朵；面对酋长忍气吞声的绝望，他们强占村子里的女人，而酋长只能凝望平原，愈发迷失，把手肘和灵魂的残存支撑在早已报废的缝纫机上，看上去越来越像一条海滩上搁浅的死鲸；他们仿佛是尊贵的客人，不断跳出来提出各种要求和不满，用威胁来刺激本已赔着小心的员工；他们拒绝任务时，态度傲慢得就好像经理生怕被人当作了门房；而莫伊兹·冲伯的表兄弟，无所畏惧，大啖烤老鼠肉，我们在一旁忍住恶心侧目而视。接着，还拿我的牙刷来刷他那些吃饱了的牙齿，还用坦率简单的方式为自己开脱：

"不好意思啊，长官，我以为这牙刷是大家公用的。"[1]

"国家安全警备署比军队的权力更大呢。"酋长带着一种凄凉的不置信分析道，一边指着那些白人便衣。他们时不时会来到这里，和卡丹加人在铁丝网的角落里共谋诡计。这些家伙非常狡猾，表现出来的善良背后全都是坏心思。在加古科蒂纽的军队食堂里，中尉曾揪住他们巡官的脖子，把他拎了起来，因为巡官侮辱一个不在场的军官是懦夫：

"滚出去，你个白痴。"

可是，立刻就有地区指挥部掌权的准将们放话出来，让众人明白，任何与安全部队爱国英雄起冲突的人都将毫不客

---

1　原文为法语：Excusez-moi, mon lieutenant, je pensais qu'elle était à tout le monde.

气地受到军事制裁。于是，中尉怒气冲冲地闯进我的房间：

"他们都是狗娘养的一路货色，大夫，而我们却在这里冒他妈的生命危险。你看看能不能想点说得出口的小毛病来把我弄走，我已经烦透了这场该死的战争。"

当时，要回里斯本休假的我，在去罗安达的途中，经过营指挥所总部。午饭后我躺在床上打盹，意大利面压着肚子，像胎儿一样沉重。

"随便什么病都行，大夫，"中尉坚持道，"贫血、白血病、风湿、癌症、甲状腺肿大，随便哪种小病，他妈的随便哪种，好让我转到预备队去：我们到底在这里干什么？你问过自己我们到这儿干什么来了吗？你觉得有人会感激我们吗？他妈的根本就没有。听着，你觉得有人会感激我们吗？不止这样，你看我是不是真的很背，昨天收到我老婆来信，告诉我女佣刚刚辞职，跑了，溜走了：我这个男子汉不在那儿给那小东西点儿厉害尝尝，结果就是这样。听我的没错，大夫，要是男主人不偶尔放把汤勺子进去搅搅，没有女佣会真正爱家的。我给她买了黑丝袜和红内裤，炮兵部队的颜色。我老婆早早地去上班，她就穿着丝袜和内裤，把早饭给我送到了床上。那个娇艳尤物掀开被单，看了看，然后说："哦，中尉大人，你今天可真厉害唷。"噢，大夫，我真希望你能试试她的手段。多有礼貌？多么甜美啊？我从来没听她甩过一句粗话，总是说：那个东西。您那个东西这样，您那个东西那样，把您那个东西给我，中尉大人，我真喜欢您那

81

个东西，把您那个东西放进我的小东西里面。你看我该怎么办呢？"

我闭着眼睛，中尉那洪亮的声音在房间里盘旋。我寻思着：十一个月以来，我没见过窗帘，没见过地毯，没见过葡萄酒杯，也没见过沥青马路，就好像这四种缺失了的东西是构成各种幸福的根本基础；十一个月以来，我见到的只有死亡、焦虑、痛苦、勇气和恐惧；十一个月以来，我每晚都会手淫，就像一个少年看着电报间满屋照片上的乳房意淫着各种各样的少男情结；十一个月以来，我都不知道另一具肉体躺到我的身边是什么滋味，也不知道什么是可以安睡的宁静。我有一个素未谋面的女儿，我有一位把爱的呼喊压抑在航空信中的老婆，我有朋友，我自然而然地开始忘却他们的脸庞；我有一间好不容易凑钱装修好的房子，自己却从未亲见。我二十多岁了，生命已过半，可一切似乎都悬在我的周围，就像旧照片中摆拍的那些家伙，动作与姿势都已被冻结。

"我明天乘飞机去罗安达。要不要我帮你把汤勺子放进去搅一下？"

于是，我又看到了海湾、棕榈树、长腿白鸟、军人们的咖啡馆、露天咖啡馆里拿着脏兮兮公文包用二厘汇率换钱的男人、黑白混血妇女扭动腰臀的把戏、擦鞋匠、残疾人、棚户区难以描述的贫困、马尔卡区吉普车灯斜照下的妓女，还有咖啡种植园的家伙们，他们在罗安达岛上的夜总会里对着那些年老色衰、鼓着蛙眼的舞女上下其手。这是一个我从未喜欢过的殖民地城市,自命不凡、肮脏,充满着湿热的油腻。我讨厌你那些漫无目的的街道,那被驯服了的散发着洗涤剂气味的大西洋,讨厌你腋下的汗水,还有张扬奢华的低级品位。我不属于你,你也不属于我,你的一切都让我反感。我拒绝承认这是我的国家,我是不同血脉混合的奇异结晶,先祖们来自五湖四海,瑞士、德国、巴西、意大利,我的祖国有八万九千平方公里,中心在本菲卡,在我父母黑色的床上。我的故乡在萨尔达尼亚元帅手指的方向,特茹河听命于他,顺从地注入大海。它是姨妈们的钢琴,是肖邦的幽灵漂浮在午后被游客们的口气稀释了的空气之中。我的祖国,正如鲁伊·贝洛[1]写的那样,是被海洋所摒弃的一切。

白色的鸟儿,黄昏时分出海捕鱼的拖网渔船。当我正与复杂的安全带进行斗争的时候,给我分配飞机座位的空姐突然出现,递给我一张叠起来的小纸条。

"你有双蓝眼睛。回程的时候来找我吧。"

---

1　鲁伊·贝洛(Ruy de Moura Belo, 1933—1978),葡萄牙诗人、散文家、翻译,被认为是二十世纪葡萄牙语国家最著名的存在主义者之一。

# L

　　清晨四点，镜子还足够仁慈，足够模糊，所以映照不
出那失眠了几夜后皱褶干瘪的脸。失落黯淡的眼睛眨巴着，
才显出活气尚存：机场刺眼的灯光让我无法面对玻璃上自
己犹豫踌躇的轮廓。行李箱弄弯了身子，就像鱼竿上钓到
了条肥鱼。坐了好多个小时的飞机后，领带肯定早已偏离
了领口的中轴线，变成了一条柔软的破布，宛如达利画笔
下融化的时钟；眼睑四周越来越多的皱纹，好似日本庭院
里漩涡式禅意沙波纹；从战争中归来的男人独自回乡，在
一群群冷漠的外国人中穿过；经过酒吧走廊走向出口的我
们，与一个个后脑勺和一张张侧脸擦肩而过，他们仿佛是
里斯本市中心橱窗里的模特，单调多样，石化在病态徒劳、
纹丝不动的招呼之中。这个男人和你我之间，只有微不足

道的区别，那就是土路上的几个死人，你从未见过的、那些后脑勺和侧脸从未见过的、机场里的外国人忽略的尸体，它们不存在，不存在，不存在，你知道的，它们不存在，不存在。就像你对我的温存，那笑容，不带情感，一闪即逝，几乎来不及展开；就像你的手，一动不动，冷漠地接受着我手指的抚摸；就像你的腿，迟疑不前，被我的腿迫不及待地蹭擦。你的身体避开我，就像四肢打了六针镇定剂后逃离身体，从我们这里独立开去，游移的动作好似没有骨骼支撑的章鱼，在你的脑海里盘旋着无法解析的念头。这些念头让我感觉被驱逐在外，注定要立在你讥讽侧目的门前，伫在门垫上永远等待，就如同，你知道的，对着一听食品罐头却没有可以打开的工具。你记得周末马吉纳尔大街河堤墙那边的渔夫吗？他们一整晚都在沿河抛撒执迷幸福的鱼钩。是的，假如你慢慢把头靠到我肩上，假如你的胯部能摩擦我的下体，直至两者的交会如燧石般迸出愉悦的坚挺火花，假如你注视我的时候，睫毛突然因为默许和沉湎其中而湿润，那么我们便有可能在体内寻到同一种被肌肤竭力抑制住的狂喜暗流，同一种满怀期待与希望的浓浓愉悦，同一种可以自我维续的快感，如清晨把白日闪烁的心吞噬在明亮的光褶之中。我们可以彼此陪伴着老去，加上客厅的电视机，三者一起作为顶点，组成一个家庭等边三角形，由守护在一旁的花边灯罩保卫着；可以和鹧鸪苹果静物画一起老去，忧郁惆怅宛如盲人的微笑。在橱柜中杜林标威士忌的酒瓶里，我们还可以找到甜甜的解药，用来治疗风湿病人的自弃与逆来顺受。我们可以相互为对方的骨刺涂上曼诺保索牌药膏；饭后步调一致地滴食同一种降压药水；周日电影之后，在阿维斯影院印度片里最后一吻的刺激下，我们如痉挛的新生儿那样相拥，透过假牙套，像烧水壶那样艰难地呼出支气管炎的气息。而我，为了预防坐骨神经的疼痛，仰卧在坚硬如苦行僧木板的矫形床垫上。我想起多年以前自己曾是一个健康热情的青年，未来的地平线上，没有安第斯山脉状心电图威胁性的阻挡，能够大啖砂锅炖鸡而胃却安然无恙。十一月，某个清晨如同上数学课时学校操场上飘落的雨般忧伤，那个青年为了见女儿从非洲回来了。

　　一个不知来自何处的女声，用三种语言通知飞机的起飞。它无形地飘浮在我的头上，宛如德尔沃画笔下的一片云朵，直到一点一点融化成音节的泡沫，陌生的城市名在里面回荡。圣萨尔瓦多、拉帕斯、布宜诺斯艾利斯、蒙得维的亚。百层高的楼里，电梯好像吞咽时的喉结一样，不停地上下运作，吐出肌肤黝黑的小胡子职员。他们带着食肉动物的友善，微笑着露出金色的牙齿，就像窗帘拉开一样。在那些激情四溢的国家，政变和地震就像戏剧情节交替上演，（徒劳地）试图打破探戈迷们梦游般的冷漠。自从加德尔意外离世之后，探戈歌手们一直都在等待着被另一曲《假面游行》唤醒。在那样的国度里，在仙人掌和叫朵罗丝的女人之间，我将能开启一番卡米洛·托雷斯[1]式的存在，这种存在一直都被埋在一层层自私与懒惰的表皮之下，从我体内呐喊出激情澎湃的强烈不满。几十座古巴的马埃斯特腊山脉等待着大胡子的我。我会叼着雪茄靠在一棵树上，淡定地破解一招招难棋，让美国中情局保护下戴雷朋太阳镜和嚼口香糖的大腹便便的独裁者们吓得簌簌发抖。一个瘦小易怒的海关官员，肯定是怀疑我骨子里就有游击叛军的种子，不阴不阳地仔细翻搜我的行李，找寻自由主义的机关长枪。

"我带了一个八个月的胎儿，就藏在衬衫里。"为了刺激他的恼怒和狂热，我友好地向他报告。他失落狂躁的样子看上去就好像身边躺着性冷淡的妻子，她全赖电台播放的广播剧这一人工呼吸器来维系生命。

"你们从安哥拉来的都自以为是大男人，但这里可不是什么灌木丛，大兵哥。"他的声音，一字一句都用阿西米尔录音的声调来联系，让我突然想起了高中的葡语老师，一位过分仔细、修了指甲、戴图纹方戒的男子。他踮起穿漆皮鞋的脚尖背诵托马斯·里贝罗的作品，从食道深处挤出的痴狂情感颤抖着：

喜鹊和鹦鹉叽咕叽咕，

---

1　卡米洛·托雷斯（Camilo Torres Restrepo, 1929—1966），哥伦比亚社会主义罗马天主教牧师，民族解放军游击组织的成员。后被政府枪杀，留下的遗言是："如果耶稣活着，他会是一个游击战士。"

母鸡咯咯叫。

温顺的鸽子咕噜咕噜，

天真的斑鸠啾啾唱。


"如果真是那样，我就一枪把你的蛋打爆！"

排在我前面的老年官员吃惊地回过头；一位女士对另一个说："从非洲回来的都这样，真可怜。"接着，我感到众人的目光，仿佛是在观看军队医院周围拄拐爬行的残废。那群由第二共和国的愚蠢制造出来的瘸腿蛤蟆，在夏天日落时，把见不得人的残肢藏进毛衣袖子里，好像带病的鸽子停在埃什特雷拉公园的长板凳上，或是混迹在炮兵一号营路的妓女堆里。妓女们骨瘦嶙峋的臀部在建筑工人的柴油奔驰车边蹭来蹭去，他们牙间嗫着火柴，发情的汗水在安全帽下流淌。海关官员惊恐地后退了两步，靠墙等着我用机关枪扫射柜台上成堆的旅行箱包，短裤和袜子如鲜血般从弹孔里涌出。受惊的老官员怀着敬意，拍了拍我的肩膀：

"你箱子里的胎儿是不是装在一个瓶子里？"

机场外面，排成长龙的出租车一动不动，在夜晚的雨中如葬礼车队般庄严。司机的脑袋在车内深色的装潢里几乎难以辨识，他们应该都是屈从于永久性鼻窦炎的苦命人。路灯的光晕宛如教堂油画中圣人头顶上朦胧的光环，而我，凝视着荒芜枯萎的暗夜渐渐在不真实的曙光中淡去，心想，原来这就是里斯本。这种令人难以置信的失望就像多年后回到内拉什镇的祖屋，发现房间都那么窄小，毫无神秘感可言，而儿时的它们曾巨大空旷，回荡着英雄的气息。

　　坐在出租车的后座上，计价器哒哒地走着，就像食管里的饱嗝上下蹿跳。我绝望地试图透过车窗来辨认我的城市，窗上长了疣似的落满了雨滴，带着甘油露的淡定缓慢下滑。而在车灯恍惚的颤动里，我却只发现树木和房屋一闪而过的轮廓，它们湮没在单一的气氛中，让我感觉到一种丧偶者虔诚的孤独气氛。在乡下某些教区中心，每当放映室停播讲述神学院生源不足的虔敬教义电影时，应该也是这样。我对首都的辉煌记忆，那闪耀着活力与隐秘、从约翰·多斯·帕索斯小说里拷贝出来的首都，一整年在安哥拉沙地上狂热酝酿出来的记忆，在这些郊区的楼房前羞愧地缩成一团。楼里都是担任三等文员的劳苦大众，在镀银餐盘和椭圆钩针桌垫之间扯着鼻鼾。一群穿着油布雨衣的男人，像市政人员那样冲刷路面，执着地希望柏油马路上能奇迹般地开出菊花。他们是曙光的诗人，乔装打扮成深海勘探员的样子。最早出来的狗，像埃斯科里亚尔修道院里油画上的灰猎犬那样瘦骨嶙峋，在门槛上的空画框里嗅寻着骨头的念想。过不了一会儿，你知道怎么回事，穿男鞋的女人和没鞋穿的男人就会从坟地旁边的棚屋里走下来，在贫瘠的垃圾桶里展开贪婪的搜索，翻找罐头和破瓶子里剩下的食物；他们是我那些阿姨们资助的可怜人；是圣诞节时扮演年度慈善造物主的神父施舍国王蛋糕、福音词和过期药品的对象；他们被小孩、虱子和喊叫声团团围住，好似维托里奥·德·西卡影片里的人物在《民歌小院》中游荡。

"屎一样烂的国家。"我对着司机表明态度。他从后视镜里回了我猜忌的一瞥，脸缩成了一对充满敌意的小小瞳孔，在镜子金属的反射中显得突兀尖刻。车的仪表盘上贴着两张明信片，一张是法蒂玛圣母像，另一张是耶稣圣容小德兰修女。中间是一张统一印制的提示，干巴巴地要求乘客把烟头扔到钉在前排座位背面一个像疣一样凸起的铝制盒里。我寻思，这下完了，他是我主的兄弟。为了平息这位天主教徒圣战的怒火，我接着大声说：

"赞美我主耶稣基督。"我试图模仿贝拉省枢机大主教们的庄重口吻。他们缓缓焚香的手势里隐藏着僵化的怀疑，就像仍对火车感到困惑的农民一样。

"对我来说，火车能放飞我的梦想。"车停在了两侧用石菠萝装饰的老旧大门口，我一边付钱，一边向司机解释道。他用难以置信的惊异打量我，几乎忘了收钱，仿佛圣诞天启降临在了十一月。

文腾埃斯科拉斯路、小巷、家宅的高墙、制革厂的院子里一条绝望的小狗不停地低泣，乳白色的雨天，墙壁上三角梅的枯枝：到家了，我将拖着身后的箱子上楼，开门，进屋，融化在你已孤独许久的怀抱之中，透过房顶的窄窗望着清晨升起，在你的身边，听着面包师如天使般到来的声音。我会触摸你的肌肤、你的双腿，还有其间柔软细嫩凹陷的空隙。你乳房当中那块浅色的肌肤，泛着某些神秘贝壳珠粉色的光泽，宛如退潮时海浪骄傲展示的珍宝。我会慢慢地进入你的身体，直至最深处，支撑在伸展的手臂上，听着你高潮时愉悦的喊叫，看着你的脸在枕头上来回转动，在上面铺满甩成圆弧的发丝，看着你的眼神忽而茫然，忽而浑浊，在如草履虫织毛那般剧烈颤抖的睫毛下渐渐黯淡。你知道，现在要细说这些东西绝非易事，因为那个既固执又谄媚的酒吧门卫就在旁边，带着持械抢劫那种霸道的恭顺索要小费。他向我欠下身，袖子上的装饰穗带就像动物园里大象柔软的长鼻子，伸过来索讨饲养员手里的那把胡萝卜。确实不容易，你明白的吧，尤其是我口袋里找不出一枚硬币来满足那个家伙蛮横的愿望的时候，他开始像一头发怒的巨兽那样充满敌意地皱起眉头，出于厚皮动物愤怒的本能反应，准备用穿鞋的大蹄子来踩我，想把我的手臂踏成新艺术派扭曲的阿拉伯纹样，仿佛那些经过高明氧化处理的灯臂，能把光脑袋上闪亮的银色月光撕扯下来。就这样，我身后拖着像讨厌的尾巴一样的箱子，爬上了台阶。泪水在喉咙中翻滚积聚，几乎冲口而出。我看到床上有一个女人，摇篮里有一个婴儿，两个人，以同样的姿势蜷缩地睡着，在脆弱和凄凉中毫无防备。我在房内驻足倾听她们熟睡的气息，你知道吧，那种气息交织成一张杂乱的网，而我整个脑海里却仍回荡着战争、枪声和死者愤怒的沉默。妻子的一只脚踝伸出床单，挂在外面，我开始轻抚它，直至妻子醒来。她一言未发，掀开被子，将

92

我整个人纳入了那温暖的被窝之中。中尉浑厚的声音从远处滚滚而来，他重复说着："要让老婆终生难忘，要让老婆终生难忘，要让老婆终生难忘，大夫，必须要让老婆终生难忘。"卢祖城里，从中士升上来的上尉们在军用食堂里下跳棋，费雷拉没了腿的残肢正在结痂，而我，则感觉是在替他们所有人做爱，你明白吗？在她的体内为大家所受的苦痛与不安复仇，她的身体舒展开来，宛如一株夜间的花朵，正慢慢合拢，把我精疲力竭的下体紧紧包围。

也许有那么一天，当我们熟悉以后，我会让你看一看我藏在皮夹里的女儿的相片。她那双绿色的眼睛，一哭泣就会变颜色，变成春秋分时节狂野的大海色，飞溅起愤怒的团团泡沫从海堤上越过。我会让你看一看她的微笑、她的嘴巴、她金色的头发，我在安哥拉的汗水中梦想了九个月的女儿，因为只有我们才是真实的，其他种种皆不存在。正如卢安蒂诺[1]所说的那样，只有我们才是真实的，她和我，她那长长的身体，那双像极了我的手，那些不知疲倦无比好奇的问题，以及当我沉默或哀伤时她的那份焦急不安，只有我们才是真实的，其余一切皆为妄言。我会让你看一看我女儿严肃的表情。她在母亲腹中慢慢长大的过程我却未能亲历。对她来说，我只是手指头指着的一张照片，她像对待所有外来入侵者那样对我大发脾气。一个又一个下午，从非洲归来的我把

<hr>

1　若泽·卢安蒂诺·维埃拉（José Luandino Vieira, 1935—　），小说家，出生于葡萄牙，三岁即随父母移民至安哥拉，致力于安哥拉摆脱葡萄牙的独立斗争。

她抱在怀中，我俩对笑，笑容里是由来已久的睿智的理解，那是一种经由相册代代相传的四个月婴孩的微笑，历经多年才会渐渐消失。"他正在午睡，我不准有人去吵醒他。"我向士兵们宣布。随军牧师边用手指画十字边围着棺材打转，陆军中尉低声咕哝，"操他娘的打仗，操他娘的打仗，操他娘的打仗。"我又可以有几天做回普通的平民，在你身体温柔的地形中、你声音的河流中、你手掌清凉的树荫下、你私处如鸽子般柔软的绒毛中游走，但是，只有我和霞娜、和你，还有周六的雨依然是真实的。夜晚，女儿突然在被窝里啼哭起来，把我们惊醒，焦急不安但充满希望的夜晚里，在厨房中给奶瓶加热。不，听着，今天，当我躺下时，未来是没有船只往来的特茹河上笼罩的雾，朦胧中偶尔会传出一声令人心疼的哭喊，多年后我仍将活在你的一举一动之中，我的女儿。家人们带着好奇前来看我，就好像是在安全地带旁观一场地震、一次山体滑坡、一出自杀事件、一个灾难、一个脸朝下躺在撞烂的汽车边上的男人、人行道上抽搐蹦跶的癫痫病人、杂货店里抱着心口的心脏病患者、父亲深邃的皱纹、叔伯们的笑话、被地雷炸死的保罗下士的醉话连篇。接着，突然就是即将出发的飞机。妻子靠在一根柱子上沉默不语，嘴巴干涸，你知道的，干得就像母鸡的舌头。我从上往下俯视着家乡的灯光，从出发大厅的窗里看到你坐的波音飞机飞过，揪心得不明所以。

# M

是去你家还是去我家？我住在皮谢雷拉区光明喷泉的后面，从我的楼层能看到特茹河、河对岸、桥，还有夜晚的城市，就像旅游宣传折页上印的那样。每当我打开门，咳嗽，走廊的深处便会传来咳咳的回声，一种奇怪的感觉便会袭来，你知道吗？就如同面向洗手间里盲目的镜子中的自己，里面是等待我的悲伤微笑，挂在脸上，好似狂欢节结束后的装饰花环。你有没有在独自一人时观察过自己？手足无措如孤儿般毫无协调感可言，双眸在镜像中寻找一位不可能的伴侣，可怜的小丑对着空无一人的马戏团表演索然无味的节目，圆圈图案的领带使我们看上去跟他一样可笑。像现在这种时候，我往往坐在女儿房间的地上。她们每隔十五天来看我一次，把面包屑和明星纪念贴纸撒在空荡荡的房间里。我温存关切地守护她们入眠，在洋娃娃的腿、连环画和胶木摇篮之间磕磕碰碰。这些东西总是能根据一种神秘的密码分布到地毯上面，它们不复存在时，我也会艰难地试图重新归位。这就好像是面对逝者的照片，在记忆中搜寻他们那些难以捉摸的表情，它们似流水般转瞬即逝，无法被相片捕捉，所以只能任其在指缝间流失。每逢周二和周五，一个与我素未谋面的佛得角女人都会前来补充生活用品，我和她之间通过放在厨房柜子上礼节性的纸条互留信息。她按照独居人过度的几何性条理，帮我整理物品，摆放家具。家里一尘不染，如同消过毒的医疗用品配给室般缺乏人情。我千篇一律的男装被她挂到了阳台的晾衣绳上，没有一件女式胸衣能取悦于这些男装，使人联想到二人世界。朋友聚会时，我时不时会碰巧在沙发一角上找到一些女人，就像在冬天大衣的口袋里意外发现几枚硬币一样。她们跟我坐电梯上楼，迅速地模仿出诱人和温柔的样子，我对个中微小的细节早已了然于胸。从开始时纵情的威士忌到充满欲望的第一瞥，时间已经长到足以让我觉得不甚可靠；最后，爱意缠绵会在浴盆的水花四溅里终结，激荡的涌动在香皂、愤懑和温水中消失殆尽。我们在玄关道别，交换了电话号码，互吻了对方。电话号码立刻会被遗忘，令人失望的亲吻也因未涂口红而变得平淡无色。接着，她们从我的生活中蒸发，床单上留下的那块蛋白色痕迹，如钢印般见证了已结束的爱：一丝奇怪的香水味，让我的腋窝闻上去好像一个娼妓；脖子上残留的一点粉底，在次日一早刮胡子像切腹自尽那样出血才发觉。只有这些才能够证明她们的确曾在我的床上稍作停留，而非自己忧郁感伤所创造出来的模糊臆想。与此同时，水龙头和马桶水箱开始一个接一个地坏掉；活动窗帘拱起卡住，好似杂乱的睫毛般无法打开；潮湿让柜子里面长出了霉斑聚集的岛屿。慢慢地、狡黠地，房子走向死亡：灯泡断了灯丝的瞳孔在垂死的迷雾中注视着我，从它张开的嘴里透出精疲力竭呼吸的口气。坐在书房的书桌边上，我感到自己在某艘船空无一人的舰桥上，船正在下沉，载着它的书本、它的花草、它未能完成的书稿，还有那并不存在的窗帘，消散开来的幸福扬起苍白的风，吹动着它们。很快，我家对面正在建造的楼房就会把我堵在墙内，如同爱伦·坡笔下的人物那样，只有我的牙齿在黑暗中闪闪发亮，仿佛洞穴中蜷曲成某个角度的古老骨骼，用手肘泛黄的筋腱抱住膝盖的骨头。

那你会怎么做呢？我想象着，你知道的，你处在东方哲学和缜密清晰的左翼思潮之间。对你而言，一九六八年的五月风暴代表的是一种儿童时代烦人的疾病，它让梦想退化为马克思主义，魅力尽失且充满了实用色彩与装腔作势的东欧官僚主义：多个靠枕胡乱扔在地板上，焚香和天竺薄荷气味飘散在印度小摆设上，暹罗猫似歌剧女主唱般神游，赖希[1]

---

1 威廉·赖希（Wilhelm Reich, 1897—1957），美国心理学家。

和加洛蒂[1]的著作在书架上继续着他们关于先知的激昂独白，莱奥·费雷[2]的声音在胶片唱机狂热的激情中盘旋浮现。建筑师们会时不时地占据你那张从辛特拉淘来的古董铁床。他们留着小胡子，故意穿得乱七八糟，往设计感十足的烟灰缸里丢满不带滤嘴的烟头；或者在废寝忘食的工作中抚摸胸口浓密的毛发，其间隐约可见即将设计的超市雏形。早晨，又肥又难相处的看门阿姨来收垃圾，斗牛犬般浓密的睫毛里透露着无声的咒骂。旁边公寓里传来夫妇争执的怒骂吵嚷，还伴随着碗碟摔碎的声音。愉快的阳光好似在百叶窗后弹奏木琴的警察的笑。你趿着拖鞋，在厨房里准备咖啡。咖啡它浓烈得好似一股电击，把你从睡意的包裹中弹到上班的路上。你坐在乳白色R4轿车的方向盘前，车尾已被某辆愤怒的出租车撞出了凹坑。作为同一座城市的居民，也许我们曾年复一年地擦肩而过却浑然不觉，我们去过同一家影院，读过同一份报纸，同样烦躁却兴致勃勃地准时收看过同一集电视连续剧。我俩，假如我能这么说的话，是同一时代的人，我们平行的轨迹终将在我的家中交会（因为焚香的气味让我感到恶心），那种柔软的喜悦就好似两根意面搅到了一起。你想不想打开车上的收音机？可以的，因为三点档新闻也许会播报肉体重生的消息；而当我们开到本菲卡墓地时，也许碰巧

---

1 罗杰·加洛蒂（Roger Garaudy, 1913—2012），法国哲学家、法国抵抗运动参与者和著名共产主义作家。

2 莱奥·费雷（Léo Ferré, 1916—1993），法国诗人、作曲家。

能看到相册上那些撑阳伞的女士们从祖坟里出来，她们的巨胸还是能刺激我的眼球。什么？非洲殖民战争？你说得对，我跑题了，跑题跑得就像坐在公园长凳上的一个老人，迷失在过往那奇怪的迷宫里，在半身石像和鸽子中间咀嚼回忆，口袋里满是邮票、牙签和多米诺主牌，下巴不断嚼动，好似在酝酿一口非凡的决定性的痰。可以确定的是：当里斯本离我越来越远，我的祖国，你知道的，对我而言，它变得不真实起来。我的祖国、我的家、摇篮里我那长着浅色眼睛的女儿，不真实得就像这些树木、这些门楣、这些死气沉沉的马路，好似已散场的市集灯光熄灭。因为里斯本，你懂的，就是乡下的一个露天集市、一台在河边搭起的流动马戏，它就像是一种瓷砖图案的创造过程，反反复复，相互接近却又彼此排斥，在人行道上的几何长方形中，踌躇的色彩渐渐淡去。不，说真的，我们住在一块并不存在的土地上，完全没有必要在地图上寻找它，因为它不存在，地图上只有一个眼睛样的圆点，一个名字，但还不是它。你要相信，我们在远方时，里斯本才会开始成形，开始获取深度、生命与激荡。雾里的罗安达浮现在我面前，少尉军医走下飞机，被三十五天的焦虑与快乐压弯了身躯，心里对自己重复着"最重要的是别怕"[1]，就像布朗汀所建议的那样，每下一级舷梯便重复一遍"最重要的是别怕""最重要的是别怕""最重要的是别

---

1　原文为法语：Surtout pas d'émotion.

怕"。打开旅店的窗子，外面是穆坦巴混乱的早晨。我从包里取出女儿的相片，把它放在电话和水杯之间。那个无名的房间闻上去都是消毒水、塑料贴面和软糖的味道，我穿着鞋子和外套躺在床上，天花板上郁金香形的玻璃灯罩渐渐一分为二，我睡着了。

在热带地区，夜幕的降临过于突然，在此之前的黄昏就像是协议离婚后夫妇之间的吻，稍纵即逝、索然无味。海湾沿岸的棕榈树挥动羽毛般的叶子，慵懒地飞舞，拖网渔船驶离港口，打出的嗝都是晚餐时喝下的柴油；岛上夜总会的霓虹灯眨巴着画得过浓的眼睑。在它们那迫不及待的召唤中，回荡着迈耶公园经营射击小屋的女人的呼喊。她们沙哑的声音让我年少时的梦充斥着可怕的嘶喊。炎热使我们的动作好似覆上了黏糊糊的棉絮，管道里的水甚至像地热喷泉那般鸣叫沸腾。我独自一人在市中心的餐馆里吃了晚饭，餐馆里面坐满了肥胖油腻的男人，脖子上的汗珠像米尼奥省的公牛那样闪闪发亮，手指上戴满了黑或红宝石戒指，像饥饿的水獭那样把胡子浸没在蔬菜汤里。一个驼背黑人正在兜售刀刻的木头娃娃，娃娃粗制滥造得更像是塑料制品。他试了一桌又一桌，却无人问津，直到服务员过来，扯下搭在肩上的餐巾把他赶走。那条黑乎乎的餐巾上沾满了污渍和灰尘，好似吸鼻烟人用过的手帕。一个秃顶的老头，长着喷泉嘴上雕刻的怪兽一般的嘴脸，在角落里狼吞虎咽着一个黑白混血的女人。凭借脖子上绕的三大串项链，那女人一边躲闪老头的激情，一边忙着吞噬一个巨大的冰淇淋，那只蜜饯和奶油做成的冰淇淋怪兽，头上还顶着一颗淫荡的樱桃。电子点唱机吐出娱乐俱乐部的斗牛舞曲，声音震耳欲聋。在这令人浮想联翩的斗牛运动的背景衬托下，我被迫坐到牙医的椅子上，发出恐怖的噢噢号叫。我给那个葡航空姐打了电话，她正在普伦达区的某个四楼等我，手持威士忌，穿的紧身牛仔裤紧得让人几乎可以透过布料看到大腿筋脉的跳动。一只很小很小的狗，长得好像一只长腿瘦老鼠。它绷紧了身子，满怀敌意，跑过来绕着我的脚踝狂吠。于是我想，是不是把它抓回去作为礼物送给卡丹加省来的中尉，好给他的周日早餐加个小菜换换口味。空姐拎起那狗的一条腿扔到厨房里面，那小畜生着地时爆发出一声痛苦的惨叫，就像身体多处骨折了一样；接着，空姐一脚踢上门：下一步她可能会施展武功，用膝盖来压碎我的蛋蛋。明天，人们就会发现我那支离破碎的恐怖尸体，散落在乱七八糟的家具和瓶子碎片中间。

"你好啊，玉娇龙[1]。"我边说边往后缩。印花T恤下，她的乳房如同两只被印有"可口可乐"字样的纸巾罩住的巨型梨子；褪去制服，她便失去了系数那般的神秘感。这应该是宗教入门课的后遗症，因为我总是执拗地把这种神秘感与天使联系起来，即使那些天使只在飞机过道里分送塑料盒装的飞机餐。公寓里弥漫着脏衣服和狗粮罐头的味道，非洲夜晚

---

1 原文为英语：Modesty Blaise，英国连环漫画女主角，1966年出品的同名电影在中国被译为《女谍玉娇龙》。

那马厩的浓烈味道透过开着的窗户飘进来。还没铺好的床上放着一本艾吕雅[1]的诗集,它仿佛一个突如其来的承诺,向我保证,在那亚马孙族女战士般粗暴的外表下,也许会是出人意料的甜美与纤弱。你知道的,她来自我不知道的何方天际,肩负着特殊使命,来摔断烦人的名贵小狗的脊柱,在战士们经过、走向破铁网和死亡的途中,碾碎那些胆怯的睾丸,那群躲在木头营房笼子里穿军装的可怜虫。

"你想喝点什么呀,蓝眼睛?"她问道。那食肉动物的微笑宛如拉开的手风琴,让我想起孩童时的《小红帽》一书,里面全是恐怖的插图:"就是为了好好把你吃掉啊,我的小宝贝。"戴着睡帽的狼外婆从被窝里伸出尖牙,边流口水边说。

就是为了好好把你吃掉啊,我的小宝贝;就是为了好好把你吃掉啊,我的小宝贝;就是为了好好把你吃掉啊,我的小宝贝:她的嘴对着我越张越大,凹陷下去,巨大无比,深不见底;她红色的指甲越来越长,搔挠到我的肌肤;她生肉般冰冷的口气离我越来越近;她食道的洞穴从穿牛仔裤的大腿根部长出来,而我的身体将会像一块大石头掉进去,胡乱跌落。那只小狗边挠厨房门边发出忧郁的呜咽。我把杯子放在一张竹制桌子上,桌上有一尊巨大的瓷佛,肚脐眼颤抖着发出咯咯的微笑。冰块叮当作响的声音让我想起给女儿

---

1　保尔·艾吕雅(Paul Éluard, 1895—1952),法国诗人。1924 年参与发起超现实主义运动,是法国超现实主义诗人中成就最高的诗人之一。

的摇篮买的挂铃，缓缓地敲奏出断断续续的旋律：此时此刻，家中，我的妻子会把孩子半夜要喝的奶瓶弄热；香烟会在锡制烟缸里燃烧，就像香炉里缭绕的安详蓝雾；居家恬静的舒适把绝望粗糙的边缘打磨圆滑，一种中世纪宗教画面般的永恒，甚至能在天花板上臆想出胖嘟嘟的天使来。或许客厅里的沙发上仍保留着我屁股坐过的短暂印迹，而我脸庞被稀释了的残存还缥缈在镜面虚空的水汽里，那被遗忘的木然双眸。我发现自己已被整个宇宙无情地排除在外，而当我不在的时候，它却泰然自若，伴着闹钟气喘吁吁的小心脏的节奏，嘀嗒嘀嗒地一溜小跑，不知哪一个水龙头，在暗夜中滴着汗珠，无尽冗长。空姐把艾吕雅的诗集从床上推开（眼中流出的泪，是不幸人的不幸[1]），动作就像从桌布上掸掉碎面包屑。她从衣服里滑出来，赤裸着身体，仿佛一匹等急了的大母马那样摆起鬃毛般的长头发，张大的鼻孔里发出某种水汽蒸腾的嘶叫。在里斯本，我的女儿闭着眼睛，开始吮吸奶瓶。在灯光里，她的耳朵犹如安东尼奥尼[2]镜头下的海，带上了粉色的透明，向内卷起精致的螺旋弧圈。我脱下裤子，解开衬衫，我苍白局促的瘦弱让瓷佛的肚脐眼嗤之以鼻。我在床上躺开，干瘪的阴茎尺寸让我羞愧，可它就是无力挺直，无力挺直，小得好像一条皱巴巴的肠子，缩在下身

---

[1]　原文为法语：Larmes des yeux les malheurs des malheureux.

[2]　米开朗基罗·安东尼奥尼（Michelangelo Antonioni, 1912—2007），意大利现代主义电影导演，也是公认在电影美学上最有影响力的导演之一。

红色的体毛中间。空姐礼节性地用两只手指把它夹起来，好似参加一场正式的晚宴，我不知道她是否感到惊讶或是觉得厌恶。"硬起来啊，你个混蛋！"我自己命令自己。我的女儿停下，不喝奶瓶了，开始打嗝。她的目光散乱，望向自己。我摸了摸空姐的阴户，那里柔软、温暖、蓬松、潮湿，我找到阴蒂的小硬块，而她噘起嘴巴，就像从茶壶嘴里轻舒了口气。"神啊，你硬起来呀！"我斜瞄了一下半死不活的阴茎，恳求道，"别叫我难堪啊，你硬起来呀，为了你自己好，你硬起来呀，你硬起来呀，他妈的，你硬起来呀！"我的妻子正口含安全别针换着尿布；随军神父胆战心惊，在胸前画着十字，中尉应该是在跟他聊自己的女佣；仓库里的棺材正等我乖乖地躺到它们那铅制的饰面里头。空姐停住了，不再吻我，她像伊特鲁里亚人墓中的画像那样，用手肘支起身体，抚摸了一下我的脸，问道："怎么啦，蓝眼睛？"我耸了耸肩，转过身子，趴到床单上，伤心地大哭起来。

# N

军用运输机扑打着翅膀，患了哮喘似的慌乱找寻短缺的空气，在沥青地上痛苦奔跑后，终于艰难地摆脱了跑道，像鹧鸪一样歪斜摇摆着胡乱飞了起来，那毛茸茸的胖肚子擦过棚户区的锌制屋顶，那里面住着命运悲惨的人和狗，浸没在散发着碱水味的湿热之中。和其他人一起挤在飞机里唯一的一张长板凳上，被围在箱子、包裹、袋子和拎包中间（"我的祖国散落在奥斯特里茨车站"）。我，一个为战争所迫的移民，正返回我们那用铁丝网围着的棚户区去。透过飞机的窄窗，我看到罗安达岛随着距离变远开始收缩，看到城市没了体积、突然变小，看到海湾玻璃似的海面，看到微型街道弯弯扭扭，彼此交错叠合，就像放在同一只篮子里的鳗鱼。我看到自己在那儿打过败仗的普伦达区，那条可恶的狗一定正围着清白无污的床单愉快地吠叫：凌晨时分，我最终还是把耻辱藏进了内裤，在空姐既同情又感觉好笑的注视下，侧身闪进了电梯，好似一个失望的偷渡者从未驶离码头的船上溜下来，直到有一辆出租车把我的残存统统带到穆坦巴区的旅馆里。旅馆乳白色的霓虹灯抽搐着，如同垂死之蛇的最后挣扎。门房钥匙板前，一个壮硕的黑人妇女正脑袋一冲一冲地打着瞌睡。她朝我抬起漠然的河马似的眼皮，我隐约感觉到里面有一丝嘲讽忽闪而过。走进房间时，我想把珊瑚似的假牙吐到水杯里，仿佛它能让我没那么痛苦地接受失败：可牙齿却仍旧顽固地粘在牙龈上，镜中的额头上也还没出现皱纹，我极有可能会拖着安分守己的前列腺活到二〇〇〇年，在将来拥有足够的时间来培育希望。我关上窗，也用同样的方式放下遮阳帘，开始在脑海中朝天花板上的吊灯叙述那场无法挽救的海难故事，时不时地感觉自己也身在其中。

我们返回东部的士兵有二十来个，大家都坐在木板凳上，默默地抽烟，脸上毫无表情，就像是一次性成像的照片，无法揣测出双眸后面的任何情感。我意识到已经在铁网里和同一群人生活了一年，可自己却一点儿也不了解他们。我们吃同样的食物，因梦乡被恐惧和冷汗打断而同样无法安眠，一种怪异的团结意识把我们聚在一起，就像医院病房里的病号拧成一团那样。你知道的，这种意识来自共同的对于死亡的害怕与恐慌，也来自对外面那些无忧无虑照常生活的人们的疯狂艳羡。大家都想拼命回到那种日子里去，来逃避痛苦强加给我们的这份荒谬的麻木。我和同一群人生活了一年，可我们互相之间却一无所知，从各自空洞的眼眶中无法破译出任何信息，从林子里归来后的脸仍旧是出发进入林子时的那张，毫无变化，只是褶皱更多，还覆上了一层像是绿色苔藓的胡须。我们的声音是对讲机里匿名的中性音色；难得露出的微笑就像刘易斯·卡罗尔所说的那样，仿佛蜡烛熄灭后的火光；我们在双层床铺上躺开的身体，简直就是从同一个灰色模具中赶制出来的，只不过生产手册里忘了给肌肉加上可以突然表现欢快的动作。

渐渐地，战争的损耗，一成不变的沙景和稀稀拉拉的丛林，雾气朦胧且悲伤漫长的岁月，用褪色银板相片的棕褐色把天空和夜晚染黄。悲伤漫长的月份，把我们变成了一种漠然的虫子，机械化地承受着绝望等待的日复一日，坐在火药桶板做的椅子或是老行政楼的台阶上，度过一个又一个下午。我们盯着翻得过于缓慢的日历，上面每个月的停滞都是一种让人抓狂的漫无目的。四年一次的闰日里充斥着一个又一个小时，堆砌在我们的周围，纹丝不动，就好像已腐烂的大肚子把我们囚禁在内，毫无获救的希望。那时候的我们是鱼，你知道吗？是布料和金属做成的鱼缸里沉默的鱼，既凶猛又温顺，训练有素地赴死而毫无异议，躺在军用棺椁里而毫无异议。我们被焊死封在里面，盖上国旗，放进船舱里运回欧洲，口中塞着金属的身份识别牌，以防止我们一时冲动而发出反抗的叫喊。所以，看到我返回希乌梅军营时，没有一个人感到惊讶；在军官中间坐下用餐时，也没有人从午餐盘里抬起下巴。我坐到上尉和那个卡丹加省来的中尉当中吃起来，卡丹加人朝着所有人微笑却无人回应，只有曾获瓦尔默建筑奖的大门口的石狮子发出了残忍的大笑。埃莱乌特里奥少尉的录音机里播放着贝多芬的第四交响曲，音乐声好像在一个空旷的房间中回荡，房里没有帘子的窗户后面，平原展开它那无边无际的褶皱。那段音乐在自己的回声中继续着，如同仍坚持居住在尘封的钢琴里那首古老的华尔兹，微弱的节拍好似走廊墙上的挂钟，如此陈旧，如此迟疑。那时候的我们是鱼，现在的我们是鱼，一直以来的我们都是鱼。出生在葡萄牙青年团和它愚蠢、激烈、廉价的爱国主义招牌之下，在两股涌流之间平衡着，找寻反抗与顺从之间不可能的妥协。我们受到下贝拉省铁路线、莫桑比克河流和加利西亚杜罗地块山脉的文化滋养，在国家安全警备署秘密警察几千只凶恶的眼睛的监视中，注定只能阅读通过审查的报纸，里面仅剩的是暴露在新国家政权这一乡村圣坛之下的阴郁颂歌。最后，我们被扔进了战争偏执疯狂的暴力之中，与之伴随的是军乐声以及里斯本留守者们的英雄演讲。留守的人混在教堂协助组里与共产主义抗争，勇敢地与共产主义抗争；与此同时，我们这些鱼儿却在鸟不拉屎的世界尽头一个接一个死去，碰一下导火线，甩起一个手榴弹，我们就被炸成了两半。"啪"的一声，坐到土路上的护士惊讶地注视着手上抓着的自己的肠子，是一团油腻腻的、黄色的、令人作呕的、热乎乎的东西。机枪手的脖子被打穿，可仍在继续射击。大家到了这里都会被恐惧震慑住，无意与任何人抗争。然而，在目睹了几次伤亡之后，大家就会揣着愤怒冲入丛林，急于复仇，只了为费雷拉的腿和马卡库那突然瘫软下去没了骨头的身体。我们的囚犯是瘦骨嶙峋的老人和女人，他们逃跑不如他人灵敏，都饿得凹陷下去了。安哥拉人民解放运动的部队在小路上留下讯息，"撤离吧"，可是这四周只有沙子，让我们撤到哪儿去呢？"撤离吧"，这帮家伙从赞比亚开到内地，还时不时停下来把河上的桥炸掉。一天，在交战后，我在飞机跑道上发现了一枚解放运动的金属徽章。我注视着它，就像洛伦索盯着自己的肠子从腹中溢出。下士给我看了一封掉在灌木丛中的信，"我真想把我整个身子给你看看"[1]，这是某个英国女人写给一个安哥拉人的。在前一天，那个安哥拉男人曾躲在暗处用机枪向我们扫射。捷克轻武器发出快速刺耳的响声，瑞典医生们在离我们只有几公里的查拉拉南果城工作，就是那个遭到T6战机凝固汽油弹轰炸但仍坚持抵抗的查拉拉南果城。"某个这样的清晨，我的战友们，你们醒来时会心情大好，一下子冲过去，把他们全部都消灭掉。"乐观的上校来自罗安达，穿着熨得笔挺的迷彩服，用动听的言语、建议和威胁来鼓动我们。"要么你去冲在最前面，我操你妈的蛋！"愤怒的上尉从牙齿缝里挤出

---

1 原文为英语：I love to show you my entire body.

这么句回答。"要是你们想换到更好的岗位上去，那就得让我们看到东西，地雷啊、囚犯啊、炸药啊。"指挥官耸着肩，脸不安地抽搐了几下，矮小可笑，尴尬得几乎令人感动，在地图上指出归我们负责的地区的大小。"但是上校，"他结结巴巴地说，"上校，上校，这相当于从蒙德古河到阿尔加维的面积，我们只有五百个士兵，伙食又差。鱼快变质了，肉不新鲜，鸡都是骨头，人都被疟疾和疲惫拖垮了，喝的是过滤器里一滴一滴滴下来的浑水。啤酒没了，香烟没了，火柴没了，卢祖城里连给我们的火柴都没了。""某天早上，我的战友们，你们醒来时会心情大好，"上校保证道，"然后就不顾一切拼命往前冲。其实，我觉得你们动作最好快起来，因为你们到现在为止都没什么进账。"指挥官转着手里的军帽，被打击到了。"这傻冒要在那头蠢驴面前给我痛哭流涕了，"中尉小声嘟哝着，"我受够了臭狗屎一样的战争，上帝啊，让我随便染个什么病离开这里吧！""撤离吧！安哥拉人民解放军传单的高声疾呼，撤离！撤离！撤离！撤离！快撤离！"赞比亚电台的播音员问道："葡萄牙军人啊，你们为什么要和自己的非洲兄弟打仗呢？"但是，我们只是在与我们自己打仗，我们的步枪指着的都是自己。"我真想把我整个身子给你看看"，可我已经再次忘记了我住了一个月的阁楼房间里你身体上那张开的双腿；忘记了你充满弹性的柔软肌肤的滋味与气息；忘记了你微笑的声音、你那笑起来像埃及人一样带着嘲讽和温柔的眼睛、你丰满的胸部、枕头上的

秀发和完美的脚趾。上尉从丛林里回来，胳肢窝里夹着一把
AK-47突击步枪，说道："守庄稼地的家伙背对着我们，甚
至都没看到我们靠过去。"我们大家明天醒来都会心情大好
并赢得战争，葡萄牙万岁。既然安哥拉是我们的，即使雾气
渗进我们的骨头，又能怎么样呢？况且，全国妇女运动组织
里的太太们还如此密切地关注我们。"来，把这十封航空信
拿走，自己振作起来。"你能理解想要做爱却找不到人的感
觉吗？自慰时脑海里空空如也的悲惨，把包皮翻上翻下，一
直到有了一种萎靡不振的眩晕感觉，出来几滴精液，然后擦
擦手指，拉上拉链，再出门走到操场上去。"新兵们，慢步
走，稍息！"少尉在马夫拉修道院的军营里发号施令，那荒
唐、怪异、愚蠢的白痴修道院。"女士们，先生们，不好意
思，还有各位军官，韦拉克鲁斯乐团和主唱托马内祝尊敬的
各位下午愉快！"麦克风前的家伙奏起尘封黑胶唱片里走了
调的波莱罗舞曲，长发上的头油闪闪发光。工兵把椅子转向
神父，咧开嘴问道："小姐，跳舞吗？"第一颗反车辆地雷是
在他的一个分队里爆炸的，我坐直升机前去林子里抢救他的
伤员。"医生和血浆，医生和血浆，医生和血浆。"无线电里
在求援。献血的人在医疗站门口卷起袖子排队，担架上的遇
难伤员毫无生气，眼睑低垂，只用嘴角轻轻地呼吸。晚上，
野狗绕着铁丝网吠叫。"你能听到那帮畜生的声音吗？"中
尉低声问道，他热乎乎的口气在我耳边散开。因为没有火
柴，我们只能用自己的香烟跟另一个人的香烟借火。"你们

111

得让人家看到成果啊。"上校像演讲般说道。可是，我们能够示人的只有截下来的腿、棺材、肝炎、疟疾、尸体和被炸成了风琴碎片一样的车辆。将军从卢祖城发来指示："军用卡车是很金贵的，要勘查整条线路，在卡车前面，要每一侧走三个人来检查沙地。"因为比起人来，他们更需要的是卡车，卡车也比人更贵。五分钟就能造个孩子出来而且还是免费的，对不对啊？一辆车得花好几个星期甚至好几个月来把螺丝拧好，再说了，国内还有一大堆人可以装船送到安哥拉来，还没算上那些大人物的孩子，也没算上那些受大人物姘头保护的，因为这些人是永远都不会来的，某个部长娘娘腔的宝贝就被诊断患有心理疾病，不适合参军。"你能听到那帮畜生在叫吗？"中尉指着黑影低声问。我亲爱的爱人，长途跋涉之后我又一次安全抵达了希乌梅。你也知道的，一切依然如故，有点儿与世隔绝，但是安静祥和。说到底，跟在雷阿尔城、埃斯皮纽市或阿连特茹省的某座小山里住上两年是一模一样的，但这个地方有它的优势，因为我可以告诉女儿，自己用斑马语和大象语跟斑马与大象都聊过天。每天下午，我都会为一个无形的女人写下快活可笑的谎言，口袋里是你的彩色照片。照片里的你坐在海边的一块岩石上，短发，戴着墨镜，双腿交叉，穿一件红色的印花连衣裙，那个人是你却又不是你，对我（是对我吗？）微笑。安哥拉是我们的，总统先生，祖国万岁。我们当然充满激情与自豪，我们当然是麦哲伦、卡布拉尔和达·伽马的嫡系传人。就像总统先生刚才在您举世闻名的演讲中所宣称的，我们被赋予的使命与这些先人相类似，我们只差胡子花白并害上坏血病。可按照事态进展的趋势来看，如果达不到那个地步我就是瞎了眼睛。只是，如果您允许我问的话，为什么您那些部长和您那些走狗的孩子们，您那些走狗部长和部长走狗的孩子们，您那些没种的部长和没种的走狗的孩子们，怎么就没和我们一样把脑袋扎进这片沙地里呢？上尉把 AK-47 步枪靠到墙上，而我们则惊讶地看着。"原来我们死的时候就是这副模样啊？"某个少尉问。"大夫您得到林子里去，有人在小路上踩到了地雷。"我们开着奔驰军用车狂冲了六公里。然后，在一块空地上找到了那个小分队。保罗下士躺在那儿呻吟，膝盖下面除了一堆扭曲的血淋淋的肉浆之外什么都没有了，什么都没有了，总统大人、没种的先生们，什么都没有了。总统先生，请您想象一下，突然失去自己身子的一部分是什么滋味，我们这些卡布拉尔和达·伽马的嫡系子孙正一块一块地消失不见，一个脚踝、一条手臂、一段肠子、一对睾丸，尊贵的睾丸，都消失殆尽。"在战斗中英勇牺牲"，报纸上这么写，可这是牺牲吗？你们这帮狗娘养的。我用我无效的药品帮着他们去死，他们的眼神抗议着，抗议着，他们不理解，他们抗议。死亡难道就是这样的迷惑不解，这样的惊愕诧异，还有张大的嘴巴、瘫软的手臂吗？汽油弹碎片被用油布盖了起来，接下来，政府郑重声明："在任何情况下，我们都不会用如此残忍的方法来消灭敌人"，可我却在加古科蒂纽镇目睹炸弹铺天盖地而来。我问护士要了一条止血带，可立刻想起来，每次一用止血带，伤员就会因大栓塞而死在卢祖城里。于是，我开始找动脉来扎。一个军需官从我肩膀后面探头探脑，好像一个小男孩躲在一道保护墙后面那样，在一片血肉模糊中要夹准动脉可真不容易。你的身体是什么样子，你的微笑是什么样子，你散落在枕头上的头发是什么样子，早晨，你用烤面包的热气和放在我双腿之间的腿唤醒我，你走动时的臀部能点燃我疯狂的欲望，你那摆动腰肢的姿态，你那缓慢吻我的方式。亲爱的爸爸妈妈，希乌梅这里一切都还好，也就只能尽量好到这样了。没什么理由让你们为我担心，来了之后我甚至还胖了两斤，体态上都开始像爱尔兰传教士或威尔士橄榄球队员了。部落酋长摸着他那台无用的缝纫机，凝视它的目光好似悲伤的圣母玛利亚望着怀中死去的耶稣。贪婪的老鹰对院子里的小鸡垂涎欲滴，狡猾地缓缓绕圈低飞。雷雨云在平原上空越积越厚，风的筋弦时紧时松，呼呼地吹过沙地，酋长那艘密西西比明轮汽船上满是棕色的斑斑锈迹。为了止血，我给残肢绕上了一圈圈的厚纱布。军需官抱着武器一阵阵地呕吐，我们抱着武器，就像溺水者抱住可笑的木头碎块。"我们死的时候就是这副模样啊？"中尉指着靠在墙上的AK-47突击步枪问道。我们死亡的模样就像这堆乡里乡气的灌木丛，就是这个脸色灰白、神志不清、匍匐在地上的男人。分队指挥官暴怒地嘶喊："尊敬的萨拉查总统，要是你还活着，要是人在这里，我就把拉开的手榴弹从你的屁眼里塞进去，拉开手榴弹从你的屁眼里塞进去。"我往他的三角肌里又打了第二瓶吗啡："我拼尽全力救了，你可千万别死了。"希乌梅市传来消息，直升机已经装上更多血浆开出了加古科蒂纽镇。我喜欢你，喜欢你戴满戒指的手；喜欢你那双缠住我的细腿，似项链绕了一圈又一圈；我喜欢和你在凌乱的床上打牌；我喜欢我俩都为赢而作弊，却彼此心照不宣。哪天我给自己照张相片，你们就会惊讶地发现我长胖了。两片可拉明片和三瓶辛弗林剂灌下去，我希望他的这一息脉搏不会溜走，它飞快又脆弱，如小鸟的心脏在我的指间。"慢步走，稍息！"埃里塞拉军营大道上，少尉气喘吁吁地喊着。三月冰冷的雨中，柏油路的两边各站了一列疲惫的新兵。"韦拉克鲁斯乐团祝尊敬的各位军官先生们下午愉快，好好休息。"你们根本没有理由为我担心，因为这条支离破碎的腿还不是我的，所以，如果可以这么说的话，我总算还继续不好不赖地活着。罗安达市里，上校应该在向准将抱怨我们的人死得太多。直升机突格突格地消失在丛林上空，我们站起身来准备撤离，收起地上的帆布、子弹带、军用水壶和背包。小分队排成一行，报数的时候大家发现少了那个呕吐的军需官，他坐在不远处的一把G3步枪上，手托着下巴。我喊了他一声，然后又喊了一声，最后只得摇晃他的肩膀。他抬起了梦游似的眼睛，似乎是在很远的地方望向我，然后，用那少年甜美的声音回答："别在我身上浪费时间了，我受够了这场战争，就算被枪毙，我也要离开这里。"

115

# O

即便在此时此刻，里斯本也是一个毫无神秘可言的城市，就好似一个裸泳海滩，太阳将一切暴露无遗，无情地展示松垮的臀部和扁平的胸部，那胸部就像潮水退去时被大海遗弃在沙滩上的光溜溜的卵石，连一块带尖儿的影子都投不出来，也无力把自己衬托得更高。犹如公证处一般的夜晚，在密封文件似的床单上，逆来顺受的三等公务员们小心翼翼地扯着鼻鼾。夜色将家家户户变成了悲伤的家族坟冢，里面，脾气火爆的夫妇将微不足道的争执先抛诸脑后数个小时，接着变成了如同穿上条纹睡衣的卧像。床头的闹钟很快就会吵醒他们，把他们推回到狂乱灰色的日常生活中去。爱德华七世公园里，同性恋们从黑暗中冒出来，来到车边，在灌木丛中招摇着塑料水母般的暧昧手势，近视的眼皮上睫毛一闪一闪，过浓的眼线让人心有疑惑。路的另一边是司法大楼，此时大楼尚未被龋齿妓女们的铁锈色微笑所侵占。那些妓女和飞虫一起沐浴在周围的路灯之下，分享着苍白的光亮，而这座责难他人的庞然大楼，伫立在草坪上，宛如一个巨大的演讲台。司法大楼里，在一位法官面前，我的婚姻即将宣告结束，毫无壮丽或荣耀可言。那位法官心不在焉，只顾小心翼翼地摸索脖子上的一个肿块。经过几个月以来悲惨的分分合合，我被痛苦撕成了碎片，撕成漫长的苦冬的残骸。我们分开了，你知道的，带着解脱与遗憾的平和，就像两个陌生人一样在电梯里告别，最后的一吻中还残存有未能释怀的绝望。我不知道你是否也有过这样的经历，是否恰好能体会那些不可告人的周末的苦涩。在海边的那些小旅馆里，铅灰色的海浪胡乱撞碎在开裂的混凝土阳台上，沙丘与天空相连，空中低低的云层好似破烂的灰泥天花板；不知道你是否拥抱过一具同时又爱又不爱的躯体，那种焦急的痛苦就好像小猴挂在母猴冷漠的皮毛上面；不知道你是否因为焦虑而恐慌，而绝非源自真挚无私的温存，漫不经心地许下过冒失的承诺。那一整年间，你知道么，我都在房子和房子、女人与女人之间跌跌撞撞，疯狂如一个失明的小孩，在逃开的臂膀后面摸索。我常常独自一人在酒店的房间中醒来，房间冷漠得好像心理医生的表情。一台没有号码的电话将我与前台带着些微可疑的友善连在一起，因为我那少得可怜的行李在她心底丛生了疑窦。在廉价饭馆里，我毁掉了牙齿和胃，这些饭馆全都类似于火车站的快餐店，东西吃上去就像煤块或因离愁而粘了鼻涕的湿手帕。我常去看午夜场的电影，后座孤寂的咳嗽声使我的脖颈阵阵发凉。那人大声地念起字幕，为自己想象出一个伴侣。然后，一天下午，坐在阿尔热什的一个露天咖啡馆，面对一瓶冒泡泡的佩德拉斯汽水，我发现自己已经死去，你明白吗？就像我们时不时在马路上碰到的被车子撞倒的自杀者，他们脸色惨白，神情庄重，胳膊下夹着报纸，却并不知道自己已经逝去，口气中飘着肉丸和土豆泥、还有那当过三十年模范公务员的味道。

面对灯光熄灭后的橱窗，仿佛是在面对斜视患者那只少掉的眼睛，难道你不会感到某种内心的冲击吗？小时候，我常常躺在床上，肌肉紧绷，就怕睡过去，想象着所有人都从城市里消失，而只有我在空旷的街道上徘徊，被雕像空洞的眼眶追赶。它们带着事物惯有的无情残忍监视着我，或石化于英雄时代照片里那些自负做作的姿态之中，抑或躲避叶子好似海中躁动的鱼鳞。即使是在今天，你知道，我仍会想象自己夜晚独自一人在这些广场上。那些忧郁小气的街道，那些如同支流一般的岔路，拖卷着土气的服装铺和破旧的理发店滚滚而去，内里尼亚美发沙龙、佩雷拉美容、法亚尔珍珠沙龙，它们的玻璃橱窗上都贴着时尚杂志上的发型图片。在家中，地毯吸走了我的脚步声，把我缩成如影子般纤弱的回声。我有一种感觉，刮胡子的时候，一旦刀片将薄荷泡沫中圣诞老人的鬓角从脸颊上除去，我便会只剩下两只晃荡的眼睛，悬挂在镜子中，焦急地询问丢失身体的去向。

就像在希乌梅市，你知道的，一九七一年的圣诞节是战争时期我们在丛林中度过了将近一年后的第一个圣诞节，丛林中绝望、期盼与死亡的一年。在那里，早晨醒来时，我想："今天是圣诞节。"我看看窗外，可是军营里什么都没有改变，同样的帐篷，同样的车辆在铁丝网边上停成一圈，同样的被火箭筒炸毁的废弃楼房，同样的迟缓的男人们，他们要不在沙地上磕磕绊绊，要不蹲在军官食堂破败的台阶上，就像教堂楼梯上的乞丐那样默默地抓挠着手肘上的皮疹。早晨醒来时，我想："今天是圣诞节。"我看到宽多河的那边是雷鸣的天空，在那些疲惫的动作中看到已成惯例的永远的周一。炎热顺着我的背脊淌下大颗大颗油腻黏稠的汗水，于是我对自己说："怎么会这样，这一切一定是哪里出了问题。"我那过于宽大的睡衣里面似乎无骨无肉，我感觉自己早已不复存在，我的躯干、我的四肢、我的双足都已不复存在，只有一双闪烁的眸子惊愕地窥探着平原和平原尽头那向北聚集的树林，飞机会从那儿运来新鲜的食物和邮包。而我，却只是那双目不转睛的受惊的眸子。今天一早，我起来颤抖着双肩撒完第一泡尿之后，发现眸子在浴室的镜中显得更加衰老、更加苍白，它们对着自己的镜像呐喊出无声的求助，但无人应答。

几天前，一支伞兵分队已在南非直升机的支援下列队离开，直升机从奎托夸纳瓦莱城来到卢查泽斯人的这片土地上，只为加入一场毫无意义的多余战斗。每天晚上，高大傲慢的金发飞行员都会醉酒闹事，打碎酒瓶和杯子并高唱走了调的南非荷兰语歌。他们的长官酷似忘了减肥的大卫·尼文，如保姆般纵容自己的手下。他们痛苦焦躁，脸色发绿，互相搀扶着呕吐啤酒：

"如果你担心，你会死。如果你不担心，你也会死。那么，你干嘛要担心呢?"[1]

伞兵军官们如同外行的神学院学生，谨慎严肃地把武器当成十字架抱在胸前，谴责地注视着那一片呕吐和碎片的混乱场面，默默嚅动嘴唇向军事天父祈祷。心思如家居杂志里的家庭主妇般细腻精致的上尉，极其担心地围着尚未打破的瓷器餐具团团打转，绝望同情的目光不时瞥向那些剩下的杯盘。埃莱乌特里奥少尉像胎儿一般，蜷缩在一个角落里听着他的贝多芬音乐。卡丹加省来的工兵悄悄潜回村中，去参加一场鼠肉烧烤。而我，靠在窗框上，观察蝙蝠在灯泡周围飞出椭圆形的线条，什么也不听，什么也不想，什么也不要，坚信自己的生活将永远被局限在身处的这个椭圆形铁丝网中，在被雨水或雾气压低的天空之下，在庞大的缝纫机的阴影里，与部落酋长聊天，听他讲述以前那些比较快乐的日子里和鳄鱼有关的故事。

南非人野蛮粗鲁，把我们当作是某种尚可凑合的黑白

---

1  原文为英语：If you worry you die. If you don't worry you die. So, why worry?

混血，这种态度点燃了我心中如埃武拉民众抗议般叛逆的火焰，并在秘密警察的野蛮行径和广播里无耻的爱国演说中愈燃愈烈。在我看来，里斯本的政客们都是罪恶或低能的傀儡，他们捍卫着并不属于我且越来越不属于我的利益，同时也自掘坟墓，为自己的失败做好了准备：大家都很清楚，这帮政客和他们的子女们永远都不会参军，大家也都知道腐烂在灌木丛林中的人来自何方。经历了太多杀戮，目睹了太多死亡，所以这样的噩梦不会持续多年。步兵们整个晚上在卢祖城军营列队游行，一边破口大骂；每天下午，我们都偷偷收听安哥拉人民解放军的广播；我们靠少得可怜的工资来养活妻儿；傍晚时分，太多的伤残军人在里斯本一瘸一拐；在军队医院的周围，每一段残肢都是对荒谬透顶的子弹的抗议呐喊。之后，我们还见识到了安哥拉白人、农场主和工业家们的敌意。他们被困在自己那满是假冒古董的大豪宅里，从那儿出来去岛上的夜总会，在蹩脚到不行的国产香槟酒桶间调戏巴西妓女，如拔了通马桶的皮搋子般啪啪地大声亲吻：

"要是你们不在这儿，我们瞬间就能把黑人全都扫除干净。"

"一帮混蛋！"我坐在阳台上，孤独地边喝自由古巴调味酒边想，"这帮满身臭汗的死胖子，有钱的臭狗屎，奴隶贩子！"我羡慕女人们在他们毛茸茸的耳朵边窃窃私语后发出的大笑，她们圆润臂膀的拥抱，腋窝和腹股沟如香炉一般，稍稍动弹便会喷出浓郁的香雾，还有把她们弄上去睡的玛丽亚女王式床。拂晓将至时，周围是模糊迷离的镜子、插在瓶中的橡胶树、因烤瓷牙疼得厉害到歪着下巴的明朝小狗摆饰，就像我这张在希乌梅城因无法置信所见而扭曲了的脸。这个圣诞节的凌晨与其他我所见过的非洲凌晨完全一模一样，我注视着操场对面军官食堂台阶上聊天的士兵，看到宽多河那边的乌云越积越厚，如同巨大沉重的玄武岩朝我卷来，预示着暴风雨的威胁。

不远，快到了，我就住在前边那排极其丑陋的绿色楼房里。夜晚，某种莫名的奇迹显灵，为它蒙上了一层修道院般深沉与刻板的庄严，那样子就像我家族里那些从商的先人们，蓄起八字胡、戴上挂表链，有所顾虑地面对相机镜头，如公牛般害怕惶恐却又迷信尊崇。即使是通过一个三脚架上的相机，也能看到那时的人们笃信上帝，一个留着胡子、表情严肃的家伙，他六十来岁，穿着长袍、凉鞋，头发中分，管理着一间圣徒与殉道者的公司，其运作与里斯本的格兰德拉百货店同样复杂，通过世间被称为神父的业务代表，分销罪孽过错、教皇训令和通往地狱的护照，业绩在每个周日用拉丁文电传至公司总部。这些房子，你不觉得吗，其实是为我们死板的野心和内心卑微的感受量身定制的：湿气入袭，所有的东西都歪歪斜斜，堵塞的管道突然发出咕嘟咕嘟的打嗝声，地毯脱胶，穿堂风则必定透过裂缝吹响口哨。但是我们从辛特拉买来家具，把悲惨和污渍都藏到了古董家具浮夸的木雕装饰柱头后边，同样的，我们也会用一种报复性的大方的外观来装扮个人狭隘的自私自利。父亲以前常常告诉我，西班牙国王腓力二世曾对埃斯科里亚尔修道院的建筑师宣布过："我们来造个让全世界都会说我们疯狂的随便什么东西吧。"好，如果是这样的话，那个头戴安全帽、口叼牙签、负责建造这堆浮夸鸟笼般乱七八糟的怪物的矮胖子，他接到的命令一定是："我们来造个让全世界都说我们是白痴的随便什么东西吧。"而事实上，邻居们跟我一起挤在狭小的电梯里。他们长着合不拢的嘴巴，目光呆滞，皮肤蜡黄，这些太过沉溺于日常琐碎的生灵因不解世事而愉快地笑着，所以不能算是真正的不幸。他们坐在电视机前，越过周末的沙漠，用吸管吮吸着他们平庸的蕨糖浆饮料。可我，还奇迹般地保留了一丝微弱的形而上学的不安残存，早晨在灵魂神经的痛楚中醒来，被楼上残忍的脚步踏得遍体鳞伤。而智慧被囚禁在某层楼里数小时之久，变得锈迹斑斑；这一层楼正阴险地准备将我变成一个精疲力竭的公职人员，拿着一个公文包，里面放了《读者文摘》、装有午餐奶咖的保温瓶和一罐蜂王浆，瓶子上贴的标签对我承诺了可以间或勃起的虚幻青春。

所以，这就是希乌梅的圣诞节，什么都没有改变。那里，没有一个家人和我一起，祖父的宅子、花园里的瓷雕像、瓷砖铺的池塘、餐厅延伸过去的温室，都依然停泊在本菲卡区，令人痛苦。砖红色的大门和停满来客汽车的院子后面，人们穿着周日的盛装，应该快来用午餐了，从我儿时起就在我家的老女佣们上着一份份汤。很快，祖母就会派一个

124

孙儿去把用人们召集过来，以诺贝尔颁奖典礼般慢悠悠的排场分发礼物，软软的袋子，包装纸上缀满了银色的星星（里面是袜子、内衣、毛衣、秋裤）。我坐在床上，面对着黄绿相间的浩瀚平原和宽多河上越下越大的雷雨，想起了垂暮的姨妈们。她们住在亚历山大埃尔库拉诺街和巴拉塔萨尔盖罗街楼上的超大公寓里，沉浸在只有酒杯与茶壶闪烁的永恒昏暗之中。米米姨妈、比卢姨妈；一位生病的先生坐在扶手椅上，嘴里叽里咕噜；一些老家伙把耳际的余发分扰上来掩住秃顶，用两根手指心不在焉地捏我的脸颊；还有立式钢琴、曼努埃尔二世国王的签名照、盖子上印有狩猎场景的饼干罐。过往种种，你知道么，从记忆中一一浮现，如同一份没有消化的午餐反酸涌至喉咙口：埃洛伊叔叔给墙上的挂钟上发条；苹果海滩汹涌的海水，在秋日里拍打海堤；管家粗笨的手指突然变得纤细，模仿出一朵鲜花。我从庄严的领用圣餐仪式一下子跳跃到了战争，边扣迷彩服边想，他们逼迫我面对死亡，而这里的死亡却和医院中那些干干净净的逝去全然不同。医院里陌生人的弥留只能让我更加确信自己还活着，更加确信我作为天使和永恒生命的愉快状态，而这些在枪林弹雨的攻击中与我同吃同睡、与我聊天、与我共守温暖战壕的人们的逝去，却让我为自己的末日而眩晕。

村子里人影攒动，人声鼎沸。他们走近，便显出了形状：是我的叔伯婶姨、我的兄弟姊妹、我的表兄弟姊妹、祖母那做作却又有礼的司机、用耳边余发遮盖秃顶的家伙们、

管家、扶手椅上生病的先生。所有人都穿着军装，精疲力
竭，肮脏不堪，肩上扛着枪支，从林子里的一次行动中归
来。他们朝医务室走去，用两根棍子和一块油布抬着我支离
破碎、纹丝不动的躯体，我的大腿上绑着止血带，只看到血
肉模糊的一团。我检查了自己闭上的眼睛、苍白的嘴唇、被
金色胡须染深的下巴、丢失的婚戒在没戴戒指的手指上留下
的浅痕，就好像是对着一面过于忠实的镜子，我认出了我自
己。有人用带有仪式感的手势切开国王蛋糕，百感交集的妻
子把大家送我的礼品收到一个塑料袋里。急救室门口，家人
们一动不动地等待着，心神不宁，他们等着我把自己唤醒。
通讯兵尖叫着申请直升机支援，想赶在喝烈酒和咖啡前，把
我及时地送回本菲卡的家中。我听了听自己，听诊器的橡胶
管里没有任何声音传到耳中。护士官递来一个灌满肾上腺素
的针筒，于是我解开了自己的衬衫，摸准肋骨之间的位置，
朝心脏狠狠一针扎了下去。

# P

　　我们到了。没，我没喝太多，可总把钥匙弄错，也许是因为难以接受这就是我家的楼，上面隐匿在黑暗之中的那个阳台就是我住的那一层。你知道吗？我觉得我就像狗，狐疑地闻着自己刚刚尿到树上的味道。我总会在这里停上几分钟，惊讶又疑惑，在信箱和电梯之间，徒劳地寻找自己的记号，一个足印、一丝气味、一身衣服、一件物什，楼道口是空荡荡的气氛，它那沉默和暗淡的赤裸总能让我丢盔弃甲。如果我打开自家的信箱，里面找不到一封信、一份传单，没有一张简单的纸印有我名字可以证明我的存在，证明我住在这里，证明这个地方从某种意义上来说归我所有。你无法想象我有多么羡慕邻居们那平静的安全感，羡慕他们打开门时习以为常的果断，他们边等电梯边思索报刊头条时掌控一切的眉头，以及他们微笑中默契的友善：我的内心总是执着地持有一份怀疑，他们会把我赶走，当我走入家中，看到放家具的地方放着别的家具，书架上是陌生的书，走廊某处有孩子的声音，一个男人坐在我的沙发上，带着不满，困惑地抬眼瞅了我一眼。不久前的一天晚上，我接电话时，电话另一头竟然问我他是不是在和另一个截然不同的号码通话。你以为我告诉他打错或挂断了吗？其实，我意识到自己正在颤抖，话哽在喉咙里，被汗水和尴尬浸得湿透，觉得自己是一间陌生房子里的一个陌生人，冒名侵犯了别人的隐秘。你知道吗，就像是盗窃他人家庭空间的一个小偷，坐在椅子边上，因为内疚而显得过分客套。随着孩子们一个个离开独立生活，母亲把我们的卧室改成了客厅。长沙发椅消失了，陌生的画像出现了在墙上。那些曾经住过的房间里，我们的存在被渐渐抹去，仿佛握了一只讨厌或油腻的手后赶紧要把手指清洗干净那样。我们回家吃晚饭时，房子显得既陌生又熟悉：我们认得那些气味、橱柜和面孔，却找不到自己，只看到童年的肖像照散放在桌子上，展开的笑容里带着令人担忧的纯真。在我眼里，我那张小男孩的照片已将成人的我吞噬殆尽，那里存在的人其实是条纹围兜上的一绺金发，透过隔开两者的岁月迷雾，用谴责的目光看着我。我们从来都不在自己所在的地方，你不觉得吗，哪怕是现在也不是。我们一起挤在这狭小的电梯里，你僵硬、沉默，用眼角打量我的色心；我把钥匙弄得叮当作响，紧张急躁，这种上上下下的奇怪装置总能让我如此感觉，作为热气球的摩登替代物，始终处于无助的灾难性坠落的边缘。比方说我的朋友你，去年八月在葡萄牙的海滩上赤裸地晒着太阳，眼前是如糖浆般温顺驯服的阿尔加维的大海。和你一道的是一个聪明却其貌不扬的女人，这种女人很容易招人喜欢，因为一来她们比不过你，二来可以让你不用独自一人去参加古本江基金会的电影节，那些片子都是给思路清晰的近视眼以及傲慢的社会学者看的。可我仍旧在安哥拉，就像八年以前，在那台史前的缝纫机边上向当了裁缝的部落酋长告别。那台缝纫机现在已锈迹斑斑，像被厚厚的苔藓覆盖，如同贾科梅蒂的作品那样饱受沙粒的摧残与折磨，他那些在隐忍的愤懑中塑造出来的可怜的大长腿形状，和想象出来的禽鸟一模一样，却比真鸟更为真实。我们将要离开希乌梅市往北去，一排车子等着我们上去，而我，一动不动地站在村子中间。正在暴晒的木薯像白色的骨头那样吊在茅屋顶下，那腐臭的气味让我感到恶心。这个被夜雨洗净的一月之晨沉浸在一片刺目的光亮之中，模糊了物事的轮廓，细致或过于脆弱的感情亦被其光芒无情地淹没。其间，我拼命地想要记住，我是说，拼命地想要记住这片生活了好几个月的场景，帆布帐篷、流浪的野狗、不复存在的行政局破旧的楼房，都在被人遗弃的缓慢痛苦中一点一点逝去：葡萄牙非洲帝国这一理想，那些高中历史书、政治家演说和马夫拉修道院神父都曾向我描述过的宏伟蓝图，最终不过是一副乡下的模样，在无边无垠的广阔空间中慢慢腐烂，就像里斯本南奥利瓦伊什的住宅项目那样被草丛和灌木迅速吞噬，被庞大哀伤的沉默围绕，而里面居住的，则是麻风病人饥饿扭曲的脸。这片世界尽头的土地无比孤独，无比贫穷。管理它的地方长官嗜酒如命，贪婪成性。他们得了疟疾在自家的空房子里簌簌发抖，统治着坐在棚屋门口、植物般冷漠、听天由命的一个民族。墙上的托马斯上将用狗熊标本那般呆滞的玻璃眸子盯着我们；无用的铁网边，哨岗亭铅制的屋顶下面，民兵们靠着自己的影子打瞌睡，身上还挂着令人肃然起敬的步枪。可与此同时，宁达和塞萨镇的桉树却展现出几近空灵的美，用茂密的枝叶把无尽的深夜囚禁在内；查拉拉镇的森林庄严愤怒地抵御着枪林弹雨，妇女们的私处文着文身，圆弧形曲线的后面，孩子正伴着鼓声如心脏跳动的节奏成长，我迫切地希望他们不再如我们这般被动忧郁，失败地蹲在茅屋前面，把一杆烟枪传来传去。

　　不，是在这里，七楼左座，大理石的门厅。啊，对，每张地毯都是不同的颜色，一间屋子一个电视插座，五个房间、三个卫生间、两个大阳台正对墓地与特茹河。傍晚，橙色的太阳与阿里艾罗区的瓦片屋顶融成一片。在这层楼上，你知道吗，我觉得自己像是一头流离失所的鸵鸟，像老人那样从一个房间转到另一个房间，自言自语，手中拿着杯威士忌，对着里面的冰块背诵诗人安特罗黑白色的十四行诗，它们曾让我的童年里住满了来自外太空的幽灵。我的房东是一个留着坚毅胡子的家伙，时不时会开上豪华的美国车来看我。那车上惊人闪亮的大灯、夸张的装饰和镀铬表层总能让我想到装有呈放射形线条轮胎的曼努埃尔式教堂。他给家里的卫生间配备了跟洗礼池一样的台盆，逼得我早上刷牙时必须用拉丁语喃喃祈祷；他把衣柜门换成了木头画板，上面只缺一组中世纪圣徒令人费解的微笑；他还额外给了我一份礼物，大楼地下室的车库，那里犹如地下墓穴一般，我轻微的咳嗽都能如雪崩悲剧的回声那般回荡；渐渐地，我开始习惯这座沙特尔圣母大教堂。它专为不谙诗词的海关官员而建，噩梦从那儿的发票和资产负债表中拔地而起。我开始喜爱墙上这些可怕的涂料颜色和这份家具的缺失，就如同喜欢驼背的儿子或口臭的妻子一样，或出于无聊，或出于习惯，甚至，也许是把它当作了对不可告人的过错似是而非的赎罪。我喜欢洗礼台盆、橱柜和能从厨房眺望到的圣若昂高地墓园。在我眼里，墓园出色地结合了葡萄牙小人国[1]和动物园里狗的墓地，为纪念氮循环而建。还有，你知道吗，从这里看不到海，谢天谢地，这样，我就不用冒着危险把目光投往地平线的尽头，去找寻随波逐流的岛屿，或是那些内心渴望冒险的多事帆船，随时准备为梦中的印度扬帆远航。看不到海，只能看到河流的一段，从巴雷鲁市朦胧的混凝土工厂后面露出来，没丝毫的神秘感。还有屋顶、屋顶、屋顶以及建筑物的门面，那里面住的是向现实妥协了的我们的同龄人，

---

1 葡萄牙小人国，位于葡萄牙科英布拉的一个公园，由微缩的葡萄牙房屋及著名建筑组成。

不思进取、耐心地收集无聊的蝴蝶标本和邮票，或者在脑海中想象着操起切面包的刀捅向旁边扶手椅上织毛衣的妻子。我确定，如果把自己锁在这扇门里，比方说一整个月，一直坐在书桌前不与任何人说话，不应门铃或不接电话，也不回应钟点女工、门房或煤气公司抄表员提出的要求——抄表员时不时会来核对煤气表上的数字，然后皱起眉头在便笺本上潦草地写下严肃的备注——这样，我将一次又一次变形，蜕变成为一只完美的昆虫，就像储备军的上校或是国家储蓄银行的退休员工，用世界语与波斯银行职员或瑞典钟表商通信，晚饭后在阳台上喝着椴树花茶，摸着自己好似仙人掌般拉碴、需要修刮的胡子。

不，说真的，幸福这种散乱的状态，来自优良的消化功能与无憾满足的自私自利这两条平行线无法实现的交汇。我仍然觉得，对于我这个属于悲伤不安者的痛苦阶级、永远在等待一种爆发或一种奇迹的人而言，它就是抽象奇异的任何东西，无异于纯真、正义、荣誉这些宏伟深刻最终却空空如也的概念。家庭、学校、宗教课和国家把这些庄严地灌输给我，是为了更好地使我屈服，可以这么说，为的是把任何抗议反对的想法连根拔除。别人要求我们的，你知道，是不要质疑，不要打扰他们渺小的、已对绝望和希望木然的生活，不要打碎他们的鱼缸。那里面，失聪的鱼漂浮在日复一日的混沌水面上，水面被我们称为美德的朦胧灯光斜斜地照亮。可如果凑近去看，便会发现那所谓的美德，只不过是缺乏雄心壮志的不温不火。

你想来杯威士忌吗？如今，在环球航海和第一件潜水服抵达月球之后，这极普通的黄色液体便成了我们冒险的唯一可能：喝到第五杯，地板会在不知不觉中像轮船甲板那样舒适地倾斜；喝到第八杯，未来会赢得奥斯特里茨战役那般大规模的胜利；喝到第十杯，我们便会慢慢地滑入一种迷迷糊糊的不省人事，困难结巴地吐出快乐的音节：所以，如果你允许的话，我会坐在沙发上，坐到你的身旁，更好地欣赏河景，为未来和不省人事而干杯。

东部吗？从某种意义上说，我仍在那里，坐在分队一辆军用卡车的司机旁边上下颠簸，经过了马兰热、宁达、卢阿特、卢瑟和南果的沙路，雨水使木板桥下的河流汹涌澎湃，麻风病人的村子，皮肤和头发上黏着的加古科蒂纽镇的红土。永远处于焦虑之中的中校对着可可酒耸耸肩，国家安全警备署的秘密警察在迈特·勒涅咖啡馆里，把仇恨浑浊的目光斜斜地投到正在局促胆怯地喝着啤酒的邻桌黑人身上。"回家时，我们都和来时不一样了。"我对上校解释道。他戴着金线边眼镜，手指粘连，用金匠那样小心翼翼的手势在精致的棋盘上摆好棋子。我们每一个人、每一个幸存者，都少了好几条腿、好几只胳膊、好几寸肠子。穆苏马市抓到了一个安哥拉游击队员，当他那条腐烂的腿被锯下时，士兵们都把它当成了战利品，自豪地跟腿合影。战争使我们变成了禽兽，你明白吗，残忍愚蠢、被训练来杀戮的禽兽。营房里满墙不剩一寸空白，全都是裸体女人的图片，我们手淫、射精。葡萄牙人创造的世界是这些饿得凹陷下去、听不懂我们说话的卢查泽斯人，还有昏睡病、疟疾、阿米巴痢疾和贫困。到达卢祖城的时候，一辆吉普车开来通知我们，说将军不同意我们睡到城里，不让我们去军用食堂里展览身上显眼的刀疤伤痕。"我们又不是疯狗！"中尉丧失了理智，对着地区长官派来的人大喊道，"去告诉那个狗娘养的，我们可不是疯狗！"有个少尉低声威胁要用火箭筒把食堂炸掉："操他们那帮狗娘养的，长官，把他们炸得一个不剩，别想来跟我们干。""在这个鸟不拉屎的地方待了一年，难道我们还没权利在床上睡一晚吗？"一个行动指挥官据理力争。中尉朝吉普车盖狠狠地捶了一拳："告诉我们那个将军，叫他去死。""我们来这里以前才不是疯狗呢。"我对愤怒地团团转的中尉说。在经历了信件审查、被人攻打、遭受伏击、被地雷炸，缺乏食品、香烟、饮料、火柴、水和棺材以前，在一辆军用卡车比一条人命值钱、一条人命只换来报上"他在安哥拉省的战役中牺牲"这几行字的新闻以前，我们都不是疯狗，可对神圣的国家来说却一文不值。他们根本不顾我们的死活，把我们当作实验室的老鼠利用，而现在，至少对我们感到害怕，害怕我们的存在，害怕我们不可预测的反应和我们所代表的愧疚，所以当在路上远远看到我们时，他们会避开，他们不愿直面这支捍卫无人信仰的虚伪理想的破败队伍。这支队伍支离破碎，只为保卫三四个支撑政权的家族的财富。高大魁梧的中尉转过身来，碰了碰我的胳膊，突然用一种孩童的声音恳求道："大夫，趁我这心里头的郁闷狗屎还没让我崩溃在这条路上，赶紧给我找个什么病由吧！"

# Q

有点光秃秃的，这层楼，是吧？你说得对，这里少了画、书、小摆设、椅子、丢得乱七八糟用以彰显学识的纸张杂志，以及床上乱扔的衣服还有地板上的烟灰。总之，它缺少让我们可以肯定的东西，肯定自己仍然存在、躁动、呼吸、进食，仍然在冷漠的四季交替和桑德曼酒业广告人物走神的轮廓下徒然激荡。罗西奥广场[1]高处的屋顶上，那广告上的人物忽明忽暗，嘲弄地向我们举杯。我住的地方犹如一个坟墓，空荡荡又硬邦邦，却给我一种临时、短暂、间隔的

---

1 罗西奥广场（Praça de Rossio），正式名称为佩德罗四世广场（Praça de D. Pedro IV），位于里斯本，葡萄牙国王佩德罗四世的铜像安放在广场中央的柱子顶端。以前是举行人民起义、庆祝活动、斗牛及处决的地点，广场上的一些咖啡馆和商店可追溯到十八世纪。

感觉，可同时也可以说让我着迷：我还是能将自己视作一个将来的大男人，把当下无限期延迟，直至腐烂却从未经历成熟，眼睛里闪烁着青春但又一如某些乡村老妇的狡诈光芒。我躺在床上，透过没有帘子的窗户看到工人正在对面建造楼房。与我相比，他们早早就开始了工作，于是从街的那头向我投来羡妒的目光。睡眼惺忪的女人在阳台上抖着精力旺盛却又精疲力竭的抹布。患了脊椎突出的小拖船拉着平和肥胖的大船向港口驶去。或许，甚至连墓地里也都充斥着骷髅一家嘈杂的晨间活动，如山魈捉虱子般小心翼翼地相互抓着蛆虫。可只有我，这间废弃公寓里唯一的房客，才慷慨地允许自己享受这慵懒甜蜜的闲适，因为我只在夜里才从冬眠中醒来，去我们相遇的那个酒吧，在那些新艺术主义风格吊灯和狩猎场景画下，把鼻子埋进橙味伏特加酒中，享用一份迟来的早餐。

然而，反其道而行之的生活亦有它的缺点：朋友们因厌烦而渐渐疏远了我，认为我这样是一种对情感的轻蔑，是近乎荒淫的放纵。家人们退让着躲开我的吻，就好像是逃开一粒黏腻恶心的痤疮。同事们兴高采烈地宣传着我危及他人的无能，在这之前，当然，会简要提及一段光辉灿烂的前程是如何毁在了黑帮式的狂欢之中。埃什托里尔赌场里，每个纵欲的膝盖上都坐了一个兴高采烈头戴羽毛的法国舞娘。就连我的病人也对我过黑的眼圈和明显飘散着残存酒味、令人费解的口气产生了怀疑。我让夜晚变得越来越长，白天变得越来越短，希冀能有一个永恒的黑夜给我青灰的脸颊蒙上一层阴凉的贞洁面纱：这个荒诞的城市里，千篇一律的瓷砖画好像永无止境的镜子游戏，反射出极小一块细微的光亮。事物悬在光里飘浮，好似在马蒂斯的画中。我犹如一只不知所措的蝴蝶，被迫在房间与房间之间磕磕绊绊，用柔软的手掌去抚摸自己如锉刀一般、拒人于千里之外的胡子。

是有点光秃秃，这层楼，的确，可你有没有想象过能有多少空间留给梦想呢？这梦想无关家居摆设、日常生活、夫妻关系、琐碎冲突，不是焦急地计算一分一厘，还差多少可以买上一张写字台或一个五斗柜；这十分短暂的梦想，不带清晰目标或明确目的，色调多样，形式不停变换：有恩里克王子[1]式的梦，里面是未知的海域、奇形怪状的人和香料；还有从走廊地毯上派出去的三桅帆船，让我们坐在大理石门廊那儿，一边查看连环画故事中奇妙的星盘，一边等待着它不确定的返航。这间房子，我亲爱的朋友，是戈壁沙漠，绵延数千公里的沙地，没有绿洲，是我里面长着骆驼那样的黄牙、紧闭的嘴巴的沉默。所以，当有人闯入这份孤独，我的感觉，你知道吗，就像一位隐士在蝗灾来临之前与另一位隐士不期而遇。我要费力地试图回忆起言语的摩斯密码，如失语症患者那样艰难地重拾每个音节，再次使用那些已被忘却

---

1  恩里克王子（Infante D. Henrique, 1394—1460），是葡萄牙国王若昂一世的第三
   子。他力主航海，在萨格里斯建立了全世界首间航海学校、天文台、图书馆、
   港口及船厂，为葡萄牙日后成为海上霸主奠定了基石。

的代码。

再来一杯威士忌吗？我们最好为这个夜晚做好准备，它会毫无征兆地变白，让位给早晨，太过清晰，太过明亮。半明半暗的光线宽宏大量地与它串通，我们为此而打造的模糊轮廓将会消散，就像古董瓶子里的香水，激情不再的甜美香氛从里面一散而光。我们最好筑起酒精的壁垒把自己围在里面，保护自己不被光亮暴露。它如镜子般残忍无情，在我们自己的眼前显示出因缺乏睡眠而皱成一团的面部线条。乱糟糟的头发下，眼睑迷迷糊糊地眨巴着。有时我醒来，你知道吗，身边是几小时前在酒吧那恰到好处的灯旁认识的某个女人，那乳白色的锥形光晕给她脸上的褶皱和鱼尾纹增添了一种睿智成熟的狡黠魅力。然而，现在这是我卷起遮光帘后所看到的，很残忍，一个过早衰老的虚弱的生物，就像遭遇了海难般蜷在被单里，自弃中的脆弱让我感到愤慨。我坐在床上，脑袋后面垫着靠在墙上的枕头，点起失望与愤怒的香烟，酸涩地凝视小床头柜上被小心垒成一堆的手镯和戒指。地板上是陌生的衣服，一只黑色的胸罩搭在椅子上，好像挂在阁楼椽上的蝙蝠等待黄昏的降临。她们的口中不时嘟囔着从梦里蹑手蹑脚偷跑出来的言语，梦到了什么我却一无所知。肩膀柔和的曲线因不明所以的不安而颤动，而张开的双腿间，那早先曾将我纳入其中的温柔茂密的空谷，茸毛却已失去了湿润丛林的神秘之感。被欺骗的愤怒使我的下体膨胀，充满了性欲，无从掌握、无力控制、无法压抑。最终，我进入了她们的身体，因憎恨而眩晕，仿佛是在酒吧间里争执时用刀插进对方的肚子，为的是接下来能咬牙切齿地去听，她们如小狗般发出感激的呻吟，并想象着是我在用一种激情狂热来膜拜她们的魅力。

双份威士忌，不加冰？你说得对，也许这样你就会像海明威笔下的醉汉那样头脑清醒，不存幻想。他们一口又一口地喝着，从焦虑中解脱，过渡至另一边，达到一种近乎死亡的极端平和。对的，这种平和必然会带来希望与焦急的疯狂，所以几乎能使人感到宽慰和幸福。也许这样你便能躲在一瓶保护你的白马威士忌里，面对清晨的残忍，仿佛博物馆架子上特殊溶液中保存的那些动物尸体。也许这样你就能露出苏格拉底喝下毒芹酒后的微笑，从床垫上起身，走到窗口，面对破晓中清晰、忙碌、嘈杂的城市，不会感到正被自身孤独的阴魂追随。这群无情的鬼魂长着嘲讽悲伤的脸孔，与我们的是如此相似，它们显形在玻璃窗上，为的是更好地嘲笑我们：有些失败，你明白的，至少还能被我们转变为胜利的灾难。

在北部，因为没有威士忌，我们就喝当地长官的含硫烈酒。他是一个肥胖高大的印度人，用专制君主和蔼可亲的盛大派头接待我们这群军官，为的是用别人的耳朵来聆听自己的声音，用我们的心不在焉去证明还有观众存在，一如刮胡子时在镜子里做出来的鬼脸，为我们确认肯定了那张自己都心存疑虑的面孔，如同踉踉跄跄的天使，在模糊的肉身面前迟疑不决。我们的大部队匆匆路过马兰热市，分队被安置在条件欠佳且只有鸡蛋壳大小的营房里。城里的夜晚昏暗浑浊，仿佛吉卜赛人的眼眸。离开之后，大队向卡桑热下区前行。美得不真实的远景映衬着一望无际的向日葵田和棉花地，土路边是贫瘠的村庄，还有记不清年纪的黑人老大爷，蹲在灰黑光滑的石头上，那些石头和粗粮黑面包一模一样。我们驻扎在了马林巴镇，一座小山被远处的田野和天际的蓝色围在当中，山顶上长着一排巨大的杜果树。新围好的铁丝网上，悬挂着附近村里孩童们饥饿的脸庞。厚厚的积雨云在坎博河上堆积起来，酒囊一样沉重。河里栖息着鳄鱼，如矿石般悄无声息。

在那里，一整年间，我们并没有死于战争。战争的一声爆炸巨响可以让人顿时头脑空白，陷入此起彼伏呻吟的荒漠与恐慌及子弹交织的混乱之中，但是让我们死去的是缓慢、痛苦、折磨人的等待的煎熬，等待岁月的流逝；等待土路上的地雷；等待疟疾；等待越来越不可能成真的归乡、与家人朋友在机场或码头相见；等待来信；等待国家安全警备署的吉普车每周开到边境的线人那边，带回三四个犯人，他们自己挖好坟墓，蜷缩在里面，用力闭上眼睛，枪响过后便瘫软下去，如同塌陷下去的蛋奶酥。额头上，血红的花朵徐徐盛开。

"就算是给罗安达一个警告，"安全警备署的秘密警察一边解释，一边淡定地把他的手枪插到腋下收好，"对付这帮杂种就要寸步不让。"

所以，那天晚上，当那家伙被破马桶的碎片戳伤了屁股，你知道的，在急救室的小房间里，在护士愉悦目光的注视下，我连麻药都没用就给他缝起了伤口，算是一种小小的报复。他每一声痛苦的号叫，都是我在为那些一声不吭、自掘坟墓的人报复。他们的恐慌在那家伙瘦弱的后背上蔓延开来，形成大块大块的汗渍；他们用石块般坚硬不含悲喜的目光凝视我们，可那里面的光芒已然逝去，一如平躺在医院冰柜中一丝不挂的尸体。

晚饭后，发电机勉勉强强地给灯上好了发条，忽明忽暗如天上的点点星座斜照着那排杧果树，从黑暗中抽出几根悲惨的枝条。军官们隆重地来到行政大楼参加乐透数牌游戏，土皇帝长官的妻子奥雷娅女士穿着低开领，露出干瘪的大胸脯，戴着的耳环和项链闪闪发亮。她把扑克牌和用来计数的鹰嘴豆发给我们，并从一个袋子里掏出木头数字，如揭示神谕般低声、亲密地宣布结果。在我眼中，那袋子酷似儿时在放满洗衣篮、飘着洗净床单清香的狭小房间里面，罩在缝纫机上的遮尘布。房间的另一端，她的丈夫正殷勤地向小学老师鞠躬，邀请她共舞留声机里播放的摇曳探戈。那是一个精瘦的女人，突起的锁骨好像勃列日涅娃的眉骨，没完没了的例假使她备受腹部绞痛和贫血的折磨，望向我们的黑眼圈疲惫不堪，让我们猜想，除了有气无力之外，她就会出点加法题目。墙上挂着的金边框内，风信子和大丽花的水彩画正在

143

褪色。坎博河的上空电闪雷鸣，刺眼的亮光照在窗户上，如同上演一出葡萄牙戏剧，让人怀疑是否有个操作的人在幕帘后面拨弄着灯光开关。镇上这唯一一家店铺的主人是个黑白混血，他嘴角叼着牙签打盹，像昏睡的河马那样平和地打着鼾。通勤车司机手拿一把圣阿马罗·奥埃拉斯海滩制造的黄色塑料梳子，梳着头顶上的发结。夜间的娱乐在消沉的气氛里进行着，间或有几下咳嗽声和困乏的客套话。然后，奥雷娅女士把头转向大门，像准备嚎叫的狼那样抬起下巴，如潜水员般深吸一大口气去填满整个可怜的胸脯，大声咆哮道：

"博尼法西奥奥奥奥奥奥！！！！！"

那声吼叫蛮横冗长。期待回应的几秒钟沉默之后，混血店主突然惊醒，环顾四周，问道："怎么了？怎么了？"他的话音惴惴不安，就像一张漂来漂去、随波逐流的筏子。过不了一会儿，厨房里就传出了一阵玻璃杯匆忙的叮叮当当。接着，一个卓别林式的黑人，穿着过紧的佐治亚州管家式夹克衫，举着托盘出现在走廊上，巨大的鞋子迈开舞步。托盘上是大家翘首期盼的酒瓶，似乎随时都会摔到地板上砸得粉碎，和无声电影中飞溅而起的雨点一模一样。那威士忌喝上去就像灯油和廉价肥皂，我们每人都领了两指高黄疸色的圣液，躲在贞洁的手后面扮起了鬼脸。而地方长官却一边把乐透游戏用的鹰嘴豆收回装木头数字的袋子里，一边感叹：

"好东西啊，是吧？"

上尉回应了一个服从的微笑，笑里是恭顺的鱼肝油的味道。

外面，混凝土屋顶的下面，看守发电机的当地士兵正在打鼾，给他配备的是西班牙征服者用过的滑膛步枪。鹧鸪大小的蝙蝠在路灯附近跌跌撞撞地绕圈飞行，苍白的火苗在村庄浓重的半明半暗中渐渐燃尽，马考酋长、佩德罗马考酋长、马林巴酋长，这些村子都集中在飞机跑道两侧，被灌木丛不断地占领。奇基塔镇的灯光清晰地颤动，宛如闪烁的星星，在远处组成了并不真实的星座。战争开始后，原本生活在卡桑热下区的莫霍罗土著和本迪加拉土著或被杀死，或被赶往刚果。在他们的村子里，取而代之的是罗安达地区来的金加人。金加人的首领因莫须有的罪名被判了二十年徒刑，关在殖民地监狱里慢慢腐烂，所以现在这群人更顺从听话，更容易适应新的环境，葡萄牙政府让现任首领戴上镶有玻璃宝石的锡制王冠，在族人面前显得荒唐可笑。这位国王还被迫穿上丢人的狂欢节军服，如同精神病院里的病人，在他的村庄里来回踱步，部落老人都向他投去讶异厌恶的目光。与此同时，宾贝酋长和卡普托酋长却在边境的那头继续战斗。从马林巴干格地区可以看到刚果那边的安哥拉人民解放军基地，非常小的建筑，却正在扩大。奥雷娅女士弯下身子，友好地问那个月经如尼亚加拉瀑布、正偷偷挠着腋下皮疹的小学老师：

"你身体怎么样啊，奥林达女士？"

你无法揣度那种怪异的感觉（请倒一指高的威士忌，这

145

点够了），丛林中的乐透游戏，留声机播放的沾满灰尘的探戈舞曲，女士们可悲的行头装扮，男人们的弯腰鞠躬，墙上水彩画里的欧式大丽花。而与此同时，那些被秘密警察宣判有罪的人却缩在各自的坑里，像一动不动的章鱼触手那样蜷作一团；士兵们在营房的床铺上因疟疾而瑟瑟发抖。罗安达空调房里的将军们发明了一种战争，我们死去而他们却活着。非洲的夜晚在繁星宏伟的无垠中延伸开去，从新里斯本买来的拜伦多工人在农场的村子里因远离故土而痛不欲生。而我，在给家人的信中写道："一切都好"，希望他们能够理解，我的折磨、自虐、分离、温柔与思念的话语，全都是残忍的徒劳；希望他们能够理解我的难言之隐，我要说的其实是遭遇伏击之后护士官的那句"我操，我操，我操，我操，我操"。你还记得吗？在安哥拉东部，那片属于卢查泽斯人的空无一物的沙地上，我房间的毯子下面，战士的尸体正在腐烂。于是，我坐在急救站的台阶上，就像我和你坐在这间客厅里，看着河上的船漂在窗玻璃上我们的映像中。我说，你听，可你那挖苦的神色却让我紧张、让我迷惘，正如伏尔泰所断言，女人根本无法理解讽刺的意义。我缓缓地缝着秘密警察屁股上的那十四针，陶醉于针尖穿过肉体的感觉。让我把头靠在你的膝盖上，闭上眼睛。就是这双眼睛，曾看着本土士兵把冰块从一个人的肛门塞进去，可我却不敢表现出一点儿抗议的样子，因为害怕，你知道的，它阻止了我哪怕最微小的反抗举动。自私让我只想尽快完整地回到家中，不让任何紧闭的监狱大门成为阻碍挡在我的面前。我只想回家，忘却，回到医院的工作与写作之中，回到家人身边，回到周六的影院和朋友中间，仿佛一切都未曾发生，在奥比杜什的伯爵崖港口上岸并对自己宣布，这一切都不是真的。可是，当我在这样的夜晚醒来，你知道吗，当酒精使自弃与孤独感更为强烈，当我发现自己被困在内心太深、太窄、太滑的井底时，那懦弱和自私的回忆便会涌起，一如八年前那般清晰。我以为它们已被锁进了脑海中某个丢失的抽屉中，永远埋葬，可是，该怎么说好呢，某种自责，却让我犹如一头被追捕的困兽，因羞愧和恐惧而面色惨白，蜷坐在房间的一角，嘴搁在膝盖上，等待那永不来临的早晨。

# R

不，早晨没有到来，它永远也不会来了。我们的等待
毫无意义，等着屋顶泛白，冰冷惨淡的光亮颤抖地洒在百叶
窗上，一小群一小群麻木的生灵被残忍地从熟睡的子宫里
揪出来，聚到公交车站上，行进于乏味的上班途中：你和
我，我们的宿命是一个沉重、浓稠、绝望、无尽的夜晚，无
处躲避，无路可走；是一个痛苦的迷宫，在威士忌的斜照下
泛出浑浊的光芒。我俩并排坐在沙发上，手里拿着空荡荡的
酒杯，如法蒂玛的朝圣者抓着已熄灭的蜡烛，空空如也，没
有言语，没有情感，也没有生活。我们相互微笑，露出客厅
一个架子上彩瓷狗那扭曲的表情，眼睛在一周又一周的惊恐
戒备中精疲力竭。你是否曾注意到，清晨四点的静默将同一
种不安注入你我的内心？一如风来临前栖息在树木体内的感

受，发丝似叶片摇摆，脏腑如枝干般颤动，躁动的双足仿佛盘绕的树根那样，毫无缘由地交汇又分开。好吧，我们其实是在等待不会发生的种种，血脉偾张的渴望踏在我们心上，却好像健身房里固定的单车，哪儿也到达不了。因为这个夜晚，你知道的，是一间随波逐流的储物仓；是一个弄丢了钥匙的巨大衣柜；是一只在无礁海域里失了事、没了鱼的鱼缸，不成形的躁动的水中，只有黑影在里面游来游去。我们会待在这里，倾听冰箱马达的声音——它是这片黑暗中唯一存活着的伙伴。它的白灯照在瓷砖上，泛出冰屋的荧光——直到这栋楼上另起楼宇，这条路上新铺道路；直到冷漠的面孔取代邻居们转瞬即逝的友善；直到看门人长出乡村狂人那种淡褐色的华丽胡须；直到未来的考古学家们发现我们的躯体凝固在某种等待的姿势之中，和伊特鲁里亚人墓中的白垩石雕像一模一样，手持威士忌酒，静候黎明极其微弱的光亮。

不过，如果你同意的话，我们也许可以试着做爱，或者说，尝试某种无信仰的肢体运动。运动过后，床单一片狼藉，留在身体上的是悲伤和汗水的味道：床不会吱吱作响，楼上邻居的马桶水箱也不可能在此时呕吐，用肚内的黏稠物来打搅我们不带温存的爱抚，就像是打开了欲望的发动机，能互相感受到的只有疗养院里肺痨病人的那种默契，那种奔赴同一命运的忧郁感伤：我们已经活了好久，久到不再冒陷入爱河的愚蠢危险，我们的肉体与灵魂不再因探险的激荡而颤动，不会花上一个又一个下午去守一扇紧闭的门，如若泽·马蒂亚斯[1]那样,手持花束,咽着焦虑的口水,既好笑又可怜。时间带给我们警惕多疑与玩世不恭的智慧,第二次自杀未遂之后,青春坦率的质朴便会丧失殆尽。在医院的凳子上醒来,被戴着听筒的圣彼得用来自天堂的目光凝望着,我们不再信任人类,也不再信任自己,因为我们知道,那虚伪慷慨的粉饰之下,隐藏着我们性格中酸涩的自私自利。我不是不相信你,是不相信我自己;不相信我对于和他人相处的厌恶;不相信我对于别人需要我的恐慌;不相信自己毫无缘由地必须摧毁日复一日稍纵即逝的快乐时刻,用讽刺和酸楚把它们碾成一团,好似一碗苦涩讨厌的普通米糊。如果我们真的幸福,那么,我们又会怎样呢?你有没有想过,那我们感到如何的困惑吗?我们手无寸铁,焦虑地环顾四周来找寻可以使自己振奋起来的不幸,仿佛孩童在校园派对上寻找家人的笑脸。你是否曾经正好注意到,如果有人天真地、不假思索地就把自己交给我们,我们会受到怎样的惊吓?我们该如何来承受那种真诚的、无条件的、不求回报的感情?卡米洛·托雷斯们、切格瓦拉们,还有阿连德[2]们,这帮人我们得赶紧除掉,因为他们斗志昂扬的爱让我们感觉不适。我们

---

1　若泽·马蒂亚斯(José Matias),是葡萄牙小说家埃萨·德·克罗兹(José Maria Eça de Queiroz,亦作 José Maria Eça de Queirós, 1845—1900)同名短篇小说里的主人公,小说描述了他对女神艾莎白柏拉图式的爱。

2　萨尔瓦多·阿连德(Salvador Allende, 1908—1973),智利政治人物、医师,是拉美第一位通过公开民选而上任总统的马克思主义者。1970 年就任总统,1973年军事政变中被杀害。

肩扛火箭筒，在玻利维亚丛林里愤怒地找寻他们，轰炸掉他们的宫殿，用残忍虚伪、与我们更为相似的家伙取而代之，他们脸上的胡须才不会让悔恨形成绿色的回流，在我们的食道里往上爬。所以，我们之间的交媾，你知道吗，是一种软弱的暴力亵渎；是一场草率无趣的仇恨演示；是床垫上两具疲惫肉体浑身湿透的败北，等待着能喘过气来，瞥一眼床头柜上手表的时间，一言不发穿好衣服，在浴室镜子里迅速检查一下妆容和发型，然后在夜色下离开，身上还湿漉漉地带着另一个人的体液，走向各自家中的孤独。那些住在一起的两个人，或者说，勉为其难共用一床被子和一管牙膏的两个人，其实也承受着相似的孤独：啊，在沉默中面对面吃饭，满怀的愤懑如寡妇用的香水，在空气中触手可及！晚上边看电视边酝酿谋杀对方的复仇计划，一把切鱼刀、一个中国花瓶，适当的时候一下子推出窗外！他们的梦中都是丈夫心脏病发或妻子血栓梗阻的精密细节，胸口疼痛，嘴角歪斜，费力地像小孩一样吐字，口水淌到了医院的枕头上！我们至少还享有优势，你知道是怎么样的，可以独自睡觉，被单下没有别人的腿在那块属于自己的清凉领地里探来探去。可与此同时，我们也缺了一个可以怪罪指责的人，来承担我们对自己深深的不满，缺了一个可以责骂的简单目标，总而言之，一个承受我们刻薄平庸的受害者。你和我，感谢上帝，不用去冒那种风险。我们仿佛两个柔道运动员，彼此畏惧到足以不互相伤害，最多是制造一些虚假无害的冲突，虚晃一拳且

152

在中途戛然而止，好像触手放弃攻击那样突然停滞：如果我告诉你我爱你，你会用这个世界上最严肃的语气回答我说，自从十八岁那年起，便没有再对任何男人产生过同样的激情，某种与众不同的异样东西让你感到惴惴不安，一股初生牛犊的力量让你希望永远离不开我。最终，我们便会边喝着各自杯中的酒，边为那天真无害的谎言大笑起来。可是，假设有那么几分钟，我们可以褪去这件大家都心知肚明的狡诈的防弹背心，然后，比方说，坦诚相待呢？假设当我抚摸你的手时，触到的不再是此时戒指下面开始衰老的手指，而是一个纤巧脆弱女孩细细的手腕呢？女孩嚼着口香糖，站在詹姆斯·迪恩高冷忧伤的海报阴影里，那个金发天使，他短暂的星途就这么如彗星般突然终结在一堆冒烟的废铜烂铁之中。假设你的双峰感到真正的冲动而变得坚挺，一丝异样的震颤让你的大腿分开，腹部起伏，对我充满了一种强烈而又无法解释的欲望呢？很讨厌，是吧？嫉妒、占有欲、心甘情愿承受思念的折磨？放心，已经太迟了，一切对我们来说永远都太迟了，我们过度清醒，所以不会陷入愚蠢、热烈、冲动的激情中。我稀疏的头发和在礼貌的微笑下你无处遁形的鱼尾纹，阻挡着我们去感受活着的热情，去编织不带邪念的梦，去享受相信他人的不带他念的纯粹快乐。

所以，我们已万事俱备，可以去那边的床上做爱了。那种平淡的滋味就如同餐馆里的冰冻鱼，在生菜褪了色的绿叶中，用唯一的一只眼睛透过八十岁老人那样的玻璃晶体痛苦地死盯着我们。你涂了口红的嘴巴索然无味，如裹着糖的陈年饼干，而我的舌头是一块缠绕着你牙齿的海绵，吸满油腻的唾液泡沫而肿胀起来。我俩会缠在一起，你知道的，如同两头来自第三纪的怪兽，被软骨和硬骨支撑着，发出巨蜥那样含糊不清的嗷嗷嗥叫。而外面则是安哥拉的北部，被雨水冲毁的土路取代了黑玻璃丝带般的河水，泛着点点灯火。我坐在军用卡车的司机旁边上下颠簸，极力保持平衡；后面，护航的小分队在木板凳上东倒西歪。我们行进在前往达拉桑巴镇的路上，膝盖间还搁着摇摇晃晃的霍乱疫苗箱子。

　　时不时地，当我觉得自己已在铁丝网内的怠惰中过度腐烂，面对杧果树上的蝙蝠和行政楼里的乐透牌，在夜里观察天花板上眼眶石化了的壁虎如享用速食圣餐般吞噬飞蛾，被百无聊赖和焦躁渴望压得粉碎；当军官的卡牌游戏在我眼中成了荒谬的例行公事，还渐渐染上了血腥仪式的凶险味道（要么叫个八，要么什么都不叫，操你个傻帽）；当我自慰之后醒着躺在床上，睡意全无，一边凝望窗外坎博河上的雷雨，一边思念着你在里斯本的那双腿，交叉时丝袜的轻轻摩擦，被抚摸时竖起的茸毛，隐藏在内裤花边里私处三角那牡蛎般的味道；当狗在厨房外面低吠呻吟，听上去几乎跟人一样，仿佛是饥饿的孩子；当我女儿像发条玩具般踌躇，努力地迈着步子，开始在椅子之间挪来挪去；当时间像生根的顽石，在日历的深渊里停滞，永无止境的午后在月复一月的午睡中延绵，我动身前往达拉桑巴镇，沿着卡桑热下区一路走，还参观了金加国王的坟墓。它们在光秃秃的小山上，四周围着一圈被死亡的阴风吹弯了的棕榈。达拉镇还有特利亚多好汉若泽[1]的墓，在一个荒凉的村子里，挨着两三家尘土飞扬的铺子。几近凄惨的苍老农民因疟疾而面泛青绿；茅草屋的寂静周围是留着雕塑家小胡子的山羊；卡翁博镇医院的男护士身着洁净的白大褂，吐着伯爵夫人那样精致的葡语。我们睡在产妇用的白色铁床上，周围是存放外科器械的橱柜和妇科手术台。醒来时，前一天的暴雨已将早晨冲刷干净，为它擦出了光亮和色彩；而当大家出门向车子走去时，我感到仿佛进入了创世纪的第一日，在水天分开之前，穿着军靴晃晃荡荡，仿佛飘浮在老照片失真的光亮里，成像碘液使表情和轮廓晕开，化作一片光斑将我们淹没。

假如你经历过卡桑热下区那非洲的黎明，闻过泥土或是青草的蓬勃气息，见过树木模糊的轮廓、棉花田如雪白的素缟一直向地平线延伸开去，也许我们就能够回到初始，回到那第一杯威士忌时羞怯的问答、讨好的微笑、赞许的一瞥，并以此建起一种不带棱角的情人间的默契，三刀便能斩杀所有的怀疑与胆怯，在阿维尼达大道上的旅店里心满意足，鼾声此起彼伏。可是，从你拥有那么多的项链判断，你能到达的赤道，只是摩洛哥的土石粉尘；你所预见的天堂，也只不过是一片棚户区，肮脏的屋子和蹲着的男人，像是被吉卜赛

---

1　特利亚多好汉若泽（Zé do Telhado, 1818—1875），葡萄牙的“罗宾汉”。1861 年被判流放在安哥拉，成为一名橡胶和象牙贸易商。

人侵占的阿尔加维，他们讨厌地喋喋不休，兜售阿拉约卢什地毯和用铁丝做成的镯子。远离了热罗尼莫斯修道院那曼努埃尔式的掐丝工艺、航海大发现纪念碑和卡帕里卡海岸的沙滩——这些地方的人如同爬上甜米蛋糕的蚂蚁，奇迹般地越来越多——背井离乡会使你干瘪，如一株仙人掌在极地里萎蔫。其实，地铁隧道才是你真正的脏腑，车厢就像粪便在其中穿行，而智利广场诊所里拍的X光底片，就是你灵魂一点一滴的缩影。就某种意义而言，你我之间永远无法跨越的鸿沟是，你在报上读到牺牲士兵的姓名，而我却与他们分享过军队配给餐里的水果沙拉，我曾目睹他们的棺材停在军队仓库的弹药箱和生锈的头盔之间，被牢牢地焊死。比方说，那个佩雷拉下士，在奇基塔的马路上脑袋被炸碎以前，曾滴着脓水跑到急救站来看淋病，露出的男根好像一根硬脂蜡烛，渗出灼人的发炎乳色液体。面包师作了一首自传体诗，两小时的吟诵让我精疲力竭，倒在午饭的菜上打起了瞌睡。中尉向我吹嘘女佣的活色生香，仿佛描述一个奇迹那样激动疯狂。指挥官不停翻撩着未成年少女的布裙，摸索她们葡萄般柔软的乳房。第四指挥部的一名上尉，像一个吸血鬼那样在黎明时分腐烂，面目全非，化作一团苍白的尸泥。我秉着酋长的肃穆去各村宣讲卫生常识，蹲在专为贵客准备的羊皮凳上，给颤抖的疟疾病人长队分发奎宁，为他们引流脓肿，消毒伤口。我在巴图克的狂热鼓乐中边吸大麻，边看着眼神游移的男人们跪在地上，在皮鼓惊恐的心悸跟前摆动身躯。丛林中的白人孤立无援，无法将农场维持下去。他们把武器藏在床头，沉默顺从的黑人情妇躺在他们身旁，仿佛幽灵倾斜的影子。饥肠辘辘的草丛，如一千张旗开得胜的植物的嘴，吞没了损坏的拖拉机，吞噬了房屋，越过篱笆，将土路边上随意散落的坟冢上无名的十字架摧毁殆尽。一天，一个金发男人开了辆快散架的卡车出现在军营里。他跳下车，手里提了个装有神父祭服的箱子，用西班牙语向军官们自我介绍道：

"我是巴斯克人，是狗娘养的弗朗西斯科·佛朗哥的死党。"

你听：加古科蒂纽镇的一个军事行动已被取消，一栋带柱廊的老楼被金合欢的树荫遮蔽，一片静寂的绿洲里，脚步声就像在希区柯克的电影里回荡。午后，中尉和我常常把吉普车停到生锈的围栏边，把后座拆下来，放到一棵树下边，坐好，周边是鸟儿饱腹的安逸，高处是树叶宽广美好的静默。我俩一言不发地抽着烟，因为言语突然变得多余，就像城市里的船、海洋中的鱼缸、高潮中伪装出来的高潮。我俩一言不发地抽着烟，一种平和的宁静在血管内缓缓渗开，让我们与自己和解，原谅自己到了这个地方，不由自主地成了异国的侵略者，成了粗鄙的法西斯主义的一分子，那在长老会式的愚蠢可悲的酸液中一步步自掘坟墓并缓缓腐蚀的法西斯主义。

"我是巴斯克人，是狗娘养的弗朗西斯科·佛朗哥的死党。"

在达拉桑巴镇，行政长官和他的妻儿单独住在当地一栋空屋里，从阳台上，可以看到卡桑热下区浩瀚辽阔的大片蓝色，还有刚果的边境；下边是钻石的河流，光滑的石子上跳跃着鱼鳞似的亮光。行政长官的孩子们长了蛔虫，在阳台上扭来扭去。妻子一连几个星期都在打钩针，织着拖鞋和椭圆形桌布，桌布上面依稀可见已经不复存在的坎博德欧里克区，那里圣将教堂的周边，星星点点遍布着小饰品店，仿佛用来给专家统治论者举办婚礼的哥特式仙境。油灯照亮了拉图尔画笔下的晚餐被，人脸印在漆黑摇曳的背景之上，犹如剪裁出来的专注的苹果。而比邻的村子沉浸在自己的内心世界里，似一位沉思的哲学家，在黑暗中步步后退，夜色中火光点点，半蹲的人影正烤着活蹦乱跳的蟋蟀当消夜。

"我是巴斯克人……"

操他娘的，我来到这里是因为被他们从自己的国家赶了出来，来到一艘船上，从货舱到驾驶室，到处都塞满了士兵。然后，我被囚禁在三层铁丝网里，被地雷和战争包围，只能依赖家信和女儿相片这样的氧气瓶才得以继续生存。曾几何时，安哥拉只是小学地图上一块粉色的长方形，是宣教日历上黑人修女的微笑、穿着鼻环的妇女、莫西尼奥·德·阿尔布开克[1]、河马，还是葡萄牙青年团的英雄主义，在四月的雨里、在高中的操场上原地踏步。一天，大学里一个黑人朋友把我带到他在阿尔库杜赛格区租的房间，给

---

1 莫西尼奥·德·阿尔布开克（Joaquim Augusto Mouzinho de Albuquerque，1855—1902），葡萄牙骑兵军官，在十九世纪和二十世纪的葡萄牙社会中受到高度尊敬，被视为反抗其他欧洲帝国威胁葡萄牙在非洲利益的希望和象征。

我看了一位瘦骨嶙峋的老太太的照片，从那张脸上，可以窥到世世代代反抗的石化凝结：

"她就是我们的格尔尼卡。在我走之前，想让你看一眼她的照片，因为我被征召入伍，明天就要逃到坦桑尼亚去了。"

直至我看到国家安全警备署大营里的囚犯，看到他们服从等待的姿势，看到他们像挨饿孩童那样肿胀起来的肚子，看到他们惊恐却没有泪水的眸子，才明白了个中深意。你得了解，知道吗，在我出生的世界里，对黑人的定义是"小时候又乖又可爱的家伙"，就像是在说一条狗，说一匹马，或者是在说那些奇怪危险、类似于人、曾在圣安东尼奥村的暗夜里对我大叫的动物："葡萄牙人，滚回你的老家去。"他们才不在乎我给的狗屎疫苗和药物，他们只由衷希望我在土路上摔破脑袋，因为我治疗的不是他们，而是农场主们的廉价劳动力，干一天活挣十七个埃斯库多，摘一包棉花一块钱；我通过他们治疗的是马兰热或罗安达的白人，是躺在罗安达岛太阳底下的白人，是来自阿尔瓦拉迪的白人，是铁路俱乐部里对我方军队不屑一顾、拒绝交谈的白人。

"我们才不需要你们呢。"

于是，那场格尔尼卡渐渐变成了我个人的格尔尼卡，就像我现在已变成了"巴斯克人和狗娘养的弗朗西斯科·佛朗哥的死党"。我把疫苗和药物放进箱子里收好，返回到马林巴的铁丝网和杧果树中间。我到了急救站，关上门，坐在书桌前，突然感到，怎么说好呢，自己就像一头被人捕杀的困兽。

# S

索菲娅，我在客厅里说，"我马上就回来。"于是我就来到了这里，坐在马桶上，对着每天早上刮胡子都要照一照的镜子，和你说说话。我想念你的微笑、放在我身上的你的手、挠我脚的你的足。我想念你秀发的芬芳。这间卫生间是一只贴了瓷砖的鱼缸，顶灯斜射出来的光，搁浅在夜间的水面上。我的脸孔在上面游移，姿态一如迟缓的海葵；我的手臂好似无骨的章鱼，沾染了离别时的痉挛；躯干重温着白色珊瑚的静止不动。往脸上打肥皂的时候，索菲娅，我能感觉到自己手指上如玻璃鳞片般的皮肤，变得忧伤外凸的眼睛如同厨房桌子上的鲷鱼，天使之鳍从腋下长出。我溶解着，纹丝不动，在注满了水的浴缸里，似想象中的鱼儿死去那般，涣散成随波逐流的黏性泡沫，鱼儿一定就是这样在河里死去的，睁着腐烂的眼睛漂浮着。索菲娅，在这里，一个又一个黎明，当清晨还未勾勒出屋顶的绿色，黑暗中依旧清晰辉煌的灯火，就像发出荧光的疣。当里斯本无边的暗夜将我卷入它那令人惊恐的柔软褶皱之中时，我就会被母亲已不复存在的巨手推着，走进卫生间里，如孩童般悄悄地把恐惧的尿液撒到马桶里。现在，索菲娅，我已经是一个大男人了，一人独居，门房恭恭敬敬地向我鞠躬致意。有时，那种怪异的确凿感会向我袭来，自己是一条漂浮在这个贴了瓷砖鱼缸里的死鱼，每日履行着镜子与浴盆之间的仪式，如死人般麻木地挪动，或许，在地底下他们就是这样，并带着无法言喻的惊恐相互打量。我想念你压着我肚子的小腹、你那从缠绕我腿的双股间长出的森林、你那女性又神秘又温暖又响亮的笑声，如同胜利喜悦的瀑布，在经历了秘密警察、政府、联合公司的拖拉机司机、行政长官的贪婪及白人的残暴愤怒与倒行逆施之后，依旧完好无损。我想念你的床，可以休憩我这个欧洲人冗长的疲惫，它如此沉重，仿佛背负了八个世纪以来所有的贵妇石像；我想念你充满阳光的下体，那里可以停靠我那柔情的羞涩。我雄起的男根向你弯曲，如桅杆迎风而屈的样子，这份对你深藏的、对爱的渴望。索菲娅，我像母鸡摆好姿势准备孵蛋那样在马桶上坐定，在塑料圈的光晕里，抖动皱缩的毛毛的屁股，下了一颗金蛋，在瓷缸上留下一条赤褐色的粪痕。我冲了马桶，如下完蛋的母鸡般心满意足地咯咯叫着，仿佛这忧伤的壮举可以证明自己的存在。正如我坐在这里，一个又一个夜晚，对着镜子，观察那里面黑眼圈泛黄的纹路和嘴巴周围的皱褶，一条一条交织成了神秘的细网，与达·芬奇油画上蒙着的薄薄一层网异曲同工。它们在向我证明，离开你多年之后，我仍然活着，仍在苟延残喘，索菲娅，就在这个贴了瓷砖的鱼缸里，在顶灯斜射光束的照耀之下，随波逐流的死鱼，睁着腐烂的眼睛漂浮着。

我是在加古科蒂纽镇认识你的，那是一个周六的早晨，洗衣妇们来到围着铁丝网的驻地送还浆洗熨烫好的军装。她们蹲在一个斜坡上等着，就在跟哨所大门没连上的那条通道附近，用某种我一知半解的奇怪语言相互交谈，听起来好像查理·帕克的萨克斯，尚未叫嚣对残酷荒谬的白人世界的刻骨仇恨。非洲红土腐烂的气味如医院死人的味道那般令我们作呕，东部的虫子在灌木丛的寂静中忙碌地互相吞食，洗衣妇们把洗好的衣服裹入五颜六色的布里，在安哥拉庞然大物般强烈且纹丝不动的大太阳光底下，让士兵们在腰间、背部和乳房上下其手；同时，她们相互嬉闹打趣，嘲笑这群白人的性饥渴、笨拙、无能，还有他们从里斯本军舰上一路带过来的尸臭味。这些男人们都变成了手持杀人步枪的蛆蟥，被全是秘密警察的葡萄牙派了过来。

每逢周六早晨，老人们都会来到村子中央，围聚在一个装满烟草的葫芦四周，像老式火车头那样从鼻子和嘴里喷出庄重的棕褐色烟雾，草木般的冷漠中是用红色大字写的对于侵略者的憎恨。这群老人中，一些来自南果、卢瑟、卢阿特；一些来自塞萨、穆苏马；一些来自卢安吉纳、卢库塞；一些来自纳里奇尼亚，一些来自查拉拉。这群骄傲的卢查泽斯人，曾是这片世界尽头土地上的主宰。好几百年前，他们不断从埃塞俄比亚迁徙而来，把住在这里的霍屯督人和卡梅瑟克拉斯人驱逐了出去，这些民族也曾居住在那片沙土与寒夜组成的国度里，灌木丛簌簌作响，闪烁不定的神明显灵，与之擦肩而过。黑人民兵的原始步枪、长着愤怒蜥蜴三角脸的秘密警察、充满敌意的殖民政府，让曾经自由的老人沦为被铁网圈禁的奴隶。殖民政府把他们视为下贱的种族，把带着烟草热气的口水吐到灰暗的地上，结成了鄙视的厚厚浓痰。

老人们聚在村子中央，野狗追着骨瘦如柴的鸡吠叫，在村与村之间跑来跑去；如石头般纹丝不动的树，把奇异的玄武岩石之根扎进了非洲这片梦幻大地中，花粉从上面飘落下来，不易觉察，轻轻的，仿佛是旧胭脂盒里散落的脂粉，积在我儿时房间壁橱内已变形的抽屉里面。指挥官在全副武装的办公室里耸着肩，其实他自己也是这铁丝网的奴隶，是那群清高傲慢、毫无人性的战争主人的奴隶，他们正在罗安达，一边往地图上戳彩色大头针，一边将我们一一杀死，而我正望着你，索菲娅，你蹲在斜坡上，混在女人们那绿色、蓝色和黑色的斑斓之中。这些女人有说有笑，打趣着用手指急不可耐地触碰她们的士兵；这些卢查泽斯的女人在湿气弥漫、静寂无声的茅草屋内，为白种男人打开了冷漠大腿之间的阴户，角落里还坐着她们的儿女，一声不吭地摆弄甘蔗碎块，认真地玩着孩童的游戏。

我是在一个周六的早晨认识你的，索菲娅，你那自由囚徒的笑声，奇异和谐，如梵高在麦田和阳光中自杀前所画的乌鸦般翱翔。你的笑声触动了我，如同备感孤独时，一个触碰我的温情四溢的动作，或者，又好似本菲卡我家房子里那些逝者的窃窃私语，那座墓地附近的房子，为死者甜蜜哀伤的叹息所包围。

我厌倦了战争，索菲娅；厌倦了战争一意孤行的邪恶；厌倦了在床上听到遇害战友的抗议，他们在梦中纠缠着我，恳求我不要让他们困在铅制棺材里腐烂，如橄榄树的轮廓般冰冷，令人不安；我厌倦了充当一条蠕虫，混在军官食堂的一堆蠕虫里面，这座像焚化炉一样的食堂靠时不时会昏厥的发电机来照亮；厌倦了老年上尉的跳棋游戏和少尉们伤感的笑话；我厌倦了工作，一夜又一夜在医务室里，整个人湿湿的，连手肘都被伤员滚烫黏稠的血液浸湿。我厌倦了，索菲娅，我的身体在向自己祈求平静，而这种平静只存在于女子宁静的体内，于女子肩膀的曲线中——在那里，我们可以让绝望和恐惧得以休憩——于女子不带讥讽的柔情里，于你温顺如摇篮般包容的慷慨之中，包容我的痛苦，那痛苦里充斥了男人孤身一人的愤恨，背负着自身死亡带来的不能承受之重。护士官像瞎了眼的马匹一样，长着苍白色的凸出眼睛，内心深处充满了对非洲的极度恐惧。他拉着你的一只胳膊，那是一只黝黑、圆润、坚实、年轻的胳膊，把你带到了铁丝网那里，带到了通往卢祖城的白色公路对面。我就在那里望着你，还有你身后那片无垠的铜绿色，树木已被联合公司愚蠢的机器一一伐尽。接着，护士官问我，他的声音里带着痛苦，好似一根往后缩的天线，对自己充满了恐惧，羞羞怯怯，在我的梦里，被杀的战友就是用这样的声音叫我的，他们的头发上缠着无用的绷带，如同破布在湿漉漉的、乱七八糟的刘海间漂荡，我多年前死去的狗也是这么叫的，它嗅着院子里的无花果树，呜呜咽咽，已成了从我记忆中消散的回声：

"大夫，您需不需要人洗衣服？"

我不需要人洗衣服，索菲娅，因为我的衬衫、毛巾、内裤和袜子都是担架手给我收拾准备的，可我的确需要你，需要你小腹水果的香味、带有文身图案的耻骨、缠在你腰间的玻璃珠链，还有你坚实的长腿，如同水鸟般，伴着一种紧张的庄重，在鹅卵石间走动。

我厌倦了战争，索菲娅，厌倦看到被临时扎好的帆布担架从林子里抬过来的伤员，嘴巴一张一合发出无法辨析的痛苦呐喊的伤员。他们的呐喊仿佛是大海的呼声，仿佛是苹果海滩的海水涌到了我的床褥边，像发情的公牛那样哞哞吼叫，鼻孔里喷出浪花沸腾的泡沫。我和我的兄弟姐妹们都醒着，听着大海那无法理解的嘶哑的言语。在药房的楼上，我们蜷缩在潮湿的床垫上，一如焦急的胎儿；我们听着海水一次次撞击卧室的门，像头公牛匪夷所思地翻过了防洪墙，用尽全力狂奔，穿过街道，把冰凉的大鼻子放到我们的枕边想要睡觉。因为大海、索菲娅，和本菲卡家中的逝者一样都饱受长期失眠的煎熬，迈着令人无法承受的游丝般的步履，在地板上发出咯吱咯吱的响声。

我厌倦了战争；厌倦了通宵达旦在临时手术室直射的灯下，俯身面对垂死的战友；厌倦了我们如此残忍地流血；厌倦了走到外面来抽烟，天还没亮，天亮前漆黑一片的夜，天亮前沉重无尽的漆黑一片的夜晚，然后突然看到肃穆的天空中陌生的繁星遍布。那不是本菲卡飘着薰衣草和樟脑香味的天空；不是贝拉省岩石劲松般刚毅的天空；也不是苹果海滩怒潮涌动的天空，我在那儿总觉得自己是像一艘漫无目的航行的随波漂荡的船，而是非洲高远安详、遥不可及的天空，它那些呈几何形的星座，如嘲讽的眼睛那样闪闪发光。我站在手术室门口，营区里的狗嗅着我的衣服，对受伤战友的鲜血馋涎欲滴，舔着我裤子上、衬衣上，还有手臂淡黄色汗毛上受伤战友的深色血渍。索菲娅，我感到憎恶，憎恶那些在安哥拉欺骗我们、压迫我们、羞辱我们并且杀害我们的人，那些里斯本道貌岸然的绅士，向安哥拉的我们捅着刀子，政客、官员、警察、线人、大主教。他们伴着国歌和演讲的声音，把我们赶上了军舰送到非洲，让我们在非洲送死，还在我们周围奏起吸血鬼邪恶的旋律。

在我认识你的那天晚上，晚饭以后，我逃开了老上尉的跳棋和中尉们的扑克游戏，赶开了执拗地绕着食堂转圈、温顺的狗儿们——现在连村民们都和它们争食林子里的老鼠这样胆小贪吃的林间小动物——它们焦急不安地在我们这群白人的影子里嗅来嗅去。我从没和哨所大门连到一起的那条通道出去，向下边模糊成一团的村子那边走去，那儿飘来了就像坟墓的尸臭一样的木薯味道。木薯晒在茅屋顶上，看起来就像是若阿金先生卖给医学院学生骨骼架上的骨头，他从圣若昂高地坟场的掘墓人那里把骨头买回来，放到坎博德圣安娜他家的阁楼上晒干，温存地让院子里树木忧郁的市井气息沾染上了一丝浑浊。

我敢担保，你在等我，索菲娅，在厚厚的土坯墙那边——坚硬的泥砖里还存有堆砌它们的无名指印——因为我还没有敲，木门便打开了，它通向比黑夜更黑的黑暗。不过沉默里面有人的呼吸低语，有睡着的母鸡的咯咯轻叫，有若隐若现的狗的背影，还有你的手，索菲娅，在漆黑一片中为我引路，就像有一天，如果我失明了，女儿也会这么引着我，引着我穿过黑暗与沉默。我能感觉到停滞在你口中胜利的笑声，一个自由女人的笑，是任何秘密警察、军队或民兵都无法扼杀的，你的笑。即使是今天，在这个令人痛恨的贴了瓷砖的无菌鱼缸里，我仍能继续听到。我坐在马桶上，看着镜子里无可救药的老去的面孔、被香烟染黄的指关节、以前没有的白发和皱纹，索菲娅，皱纹在我的额头刻下了那些彻底放弃的人的萎靡倦怠。

我敢担保，你干草床垫上的那个凹痕正好是我身体的形状，仿佛一直以来都在耐心地等我；你阴道的大小与我的阴茎奇迹般地完全吻合；你那黑白混血的儿子正在摇篮婴儿床里扯着鼻鼾。说话带鼻音的肥胖红发生意人阿丰索以为他是自己的儿子，把他抱到那腥臭的窄小鱼干店里，时不时漫不经心地拍上一下。那孩子静下来时的神色倒和以前的我有几分相似。那时，战争的痛苦和折磨尚未将我变成一种愤世嫉俗的失落动物，用心不在焉的冷漠动作机械地将爱付诸于行，好像饭店里同桌用餐却孑然一身的人，望向自己的内心，望着那些居住在自己心底的忧伤阴影。

　　你是在等我，索菲娅，在浓密的夜里，在村中你的茅草屋内，你点起了瓶子里的油灯芯，涣散迟钝的光忽明忽暗，让我看到屋内的样子。架子上的罐头、一篮子衣服、紧闭的方形窗，一个老太婆蹲在角落里，纹丝不动地抽着甘蔗烟管。她的年纪很大很大，鬈发比卡桑热的棉花还白，扁平空荡的乳房紧粘着肋骨，好像死人松弛的眼睑贴在空洞的眼窝上。你是在等我，索菲娅，你我之间从来都不需任何言语，因为你明白男人的痛苦，我的这份痛苦里充满了男人孤身一人的愤恨，被自身的懦弱激起的愤慨，还有对里斯本绅士们强加给我的战争暴力的逆来顺受；你明白我充满绝望的爱抚和我给予你的微弱柔情，你的双臂沿着我的背脊慢慢下行，没有愤怒，没有讥讽，在我躯体两侧渗出的冰冷汗水里慢慢地上下游走，缓缓把我的头按在你圆润的肩上。而我可以肯定，索菲娅，黑暗中的你，脸上一定带着女人无声神秘的笑容，因为此时的男人们突然又变回了孩童，把自己完全交付出去，仿佛无人保护的脆弱男孩，疲于在内心对抗他们那些让自己都嫌恨的东西。

你的家，索菲娅，闻上去充满了生命的味道，和你突然绽放的笑容一样，鲜活快乐。它炙热、健康、精致、坚不可摧。我从军营和军官们绝望的苦涩而来，他们都厌倦了杀戮，厌倦了目睹死亡，和我一样，因思念与恐惧的痛苦绞痛而扭曲。对我来说，和你在一起就像回到了童年，就像保姆吉娅的指甲轻轻抓挠我的后背；就像爷爷俯身来吻梦中的我，在太阳穴上留下紫罗兰般的吻；就像马达莱纳阿姨叫我宝贝并抚摸我头发的样子。那时的我，总在自己房间里打发时间，傲慢孤单，时不时会盯着院子里的无花果树，感到肺腑痛苦的与世隔离，似高烧般颤抖，如蘑菇般破土而出。

因为我总是独自一人，索菲娅，小学、中学、大学、医院、婚姻，我总是和我读了太多遍的书本和庸俗做作的自创诗歌一起，独自一人。受着渴望创作却又担心词不达意的痛苦折磨，因无法将我想在别人耳边的呐喊译成词句而心慌意乱："我在这里""看看我吧，我就在这里""请听我诉说，哪怕我沉默着，并请理解我"。可是，索菲娅，人们无法理解没有说出口的话语，他们望着我，却看不明白，于是便离开了。他们相互闲聊，离我们远远的，将我们遗忘。我们感到自己仿佛是秋天的海滩，空荡荡的不再有脚印，海水袭来退去，如一条死气沉沉的臂膀慵懒地来回摆动。我总是独自一人，索菲娅，甚至是在战争中，尤其是在战争中，因为战争里的情谊建于虚假的宽容大度之上，大家一同承受着无法逃避的共同命运，却从未真正分享过什么。我们躺在同一个防空洞内，当填满碎铁片的迫击炮像医院病房里长满癌细胞的病人肚子那样炸开的时候，他们也躺着，如同腐烂中的鸟，尖尖的鼻子朝向天花板；我总是独自一人，甚至是在行动取消后，和中尉一起坐在合欢树下的吉普车后座上，听着虫叫和鸟鸣，听着非洲震耳欲聋的沉默时；我总是独自一人，在医务室的伤员中间，他们呻吟着，痛哭流涕，因恐惧和痛苦而蜷作一团，整夜呼喊我的名字。那是一场多么愚蠢的战争啊，索菲娅，我蹲在马桶上，对着让我无情老去的镜子，在这鱼缸的灯光下，在这些琉璃瓷片、这些金属配件、这些瓶瓶罐罐和这些光滑的陶瓷卫浴用品之间，在这里告诉你，那场在非洲展开的战争有多么的愚蠢，那片神奇炎热的大地，让你想和向日葵、水稻和棉花一样生在那里。而那儿的孩子们，就像喷泉那般冒出来，热气腾腾，得意扬扬。

　　为什么呢，索菲娅，黑人妇女生孩子的时候总能保持沉默，在席子上沉默安详。同时，孩子的头顶慢慢从大腿之间冒出来，有了人的样子，解脱出来，一只肩膀从束缚它的子宫的褶皱里释放出来，躯干一下子从阴道里滑出来，就像交媾后的阴茎一样，整个运动过程完美平顺，没有疼痛，仅仅是两个生命温柔地分离，两具躯体简单地分开后，便再不聚首。就像我们，索菲娅，也失去了彼此。当我来到你家时，门没有开。我用指甲挠了挠木门，绕着土坯墙来来回回听，回答我的是一片虚空的沉默。透过砖缝、透过墙洞、透过屋顶垂下来一绺绺整齐的茅草间隙，听不到呼吸的声音，也听不到睡熟了的母鸡柔和的咯咯叫声。我又挠了挠木板，那个嘴里叼着烟管的老太婆把小门打开，用化石般的目光瞥了我一眼，围在她干瘪的肚皮上的布微微动了动。我朝她走过去，往屋里扫了一眼，一根灯芯照着空空如也的床、床单上僵硬的褶皱、架子上生锈的罐头、人去楼空的可怕的虚无。老太婆把烟管从嘴里拔出来，就像有人用力扯下信封上的一张邮票。她瞄准我的大腿吐了一口乌云似的浓痰，嘴唇上一圈同心圆的褶皱让我联想到了肛门，点燃的烟枪在空气中画出一个颤抖的螺旋圈，然后，老太婆说道：

"国家安全警备署的大人把她带走了。"

她可能是你的母亲或祖母，但语调里并没有明显的悲伤或警觉，或者，是有的，而我却未能察觉。我讶异地听着她说，如同面对突然开口的一把椅子或一张桌子，用空洞的声音朗诵起父亲喜欢的肯塔尔的十四行诗。

第二天，去民用医院的路上，我经过了安全警备署总部。在一个武装狱卒的严密监视下，囚犯们都在为警察耕地。狱警靠在房子背阴的墙上，身子像鬣狗发起突袭前那般紧绷，看管着一堆瘦弱的男男女女，他们几乎一丝不挂，都剃了光头，被踢打得身体肿胀，朝地里弯下身子，动作软绵绵的，仿佛即将入土的垂死之人。我去了安全警备署总部，索菲娅。我进了大门，因为害怕、厌恶而发抖。我向大队长问起你，而他正站在一辆路虎旁边对两个腰间挂枪、脸色苍白的家伙下达命令，他们往高中生用的线圈本上努力记着笔记。那混蛋得意地咯咯笑起来，仿佛是修士面对饕餮美宴那样，说：

"她很不错，对吧？她跟黑鬼们是一伙，为他们干活，明白吧？所以我们大家都搜了她一遍，让小子们都加点油，然后，给了她张去罗安达的票子。"

我得回到屋里去了，索菲娅。天快亮了，威士忌仿佛呼在窗玻璃上的湿气那样，正从我身体的墙壁里蒸发而去，留下我与黎明幻灭了的清醒痛苦抗争，此时，虚空岁月的风，透过疲惫的鼻子呼啸着，发出悲凉清透的响声。我的血液之树沿着麻木躯体的无数根枝条伸展开去，在皮肤上弥漫成一层雾气，如同里斯本十一月里的薄雾那般忧伤。我那破败简陋的城市，正挨家挨户地醒来，迎来一个属于公务员的平凡日子。我离开这只贴了瓷砖的鱼缸的时候，恍若是从安全警备署总部里出来，那里的囚犯们的动作如尸体般软弱无力，他们弯腰面向黄土，为秘密警察们耕田，我却没有勇气发出愤怒或抗议的呼喊。我刚刚过完了今晚，和过去二十七个月的血腥奴役一样，毫无反抗。我出来走到过道上，索菲娅，我关好灯，又开始伪善地、他妈的大笑起来，可那笑中没有喜悦，就像站在路虎车边的大队长，露出沾沾自喜的鬣狗的獠牙。因为我的确变成了这样，是他们把我变成了这样，索菲娅：一个愤世嫉俗的衰老的家伙，嘲笑自己，也嘲笑别人，那笑是死人嫉妒、苦涩、残忍的笑，是死人讥讽、无声的笑，是死人油腻的、令人作呕的笑，而我的内心，却跟着威士忌一起腐烂，就如同相册里的那些照片，痛苦地腐烂，溶为一片须发模糊。

# T

　　别，真的，等等，让我来解开你的胸罩。床头柜上有一
盏灯熄了，阴影落到床单上，仿佛儿时前来奔丧的陌生女士
她们严肃脸庞前的贞洁面纱，她们围坐在银制茶壶旁，喝着
肃穆的下午茶，戴着绒皮手套轻轻拨弄着盘子里的饼干。我
坐在床上脱袜子，而你与裤子上的拉链做斗争，好像碰上红
灯的出租车司机那样急不可耐。若是运气好些，这间房里，
可能还会弥漫着温馨的夫唱妇随的气氛，仿佛一张耐心孕育
的共同习惯编织而成的丝网。可还是让我来解开你的胸罩吧：
我好喜欢这些复杂的小扣子，总得用你预料之外的方式才能
解开。最终，你的乳房会把包住它们的布片放到我的手中，
就像蛇把蜕下来的皮挂在树上那样。你有没有注意到，乳房
会如月儿般从衣服里升起，浑圆、洁白、柔软、蛋白的颜色，

有着血管与乳汁自带的柔光，带着胜利，从我身体这座城市中缓缓升起？我喜欢看着乳房从我的腹侧冒出来，毫不在乎地往上爬，一直爬到我那颤抖热切的亲吻边，喜欢用手臂下的暗云遮住它们宁静的绵柔；喜欢像宇航员那样笨拙小心地俯身于乳头的光晕之上，将额头安置于它们之间的凹陷之处；喜欢闭上眼睛，在我的内心，感受大海最终平息后的深深宁静，恍若正被拂晓时胸口那看不真切的光环轻轻抚摸。

躺在你的身旁，靠在你那死人般一动不动的赤裸躯体旁边，你的大腿摊开在床单上，阴部感人、脆弱，宛如几何图形的小森林，而阴部那泛红的毛发，宛如黄昏里的白杨枝条，在灯光下变得清晰具体。我想起了曼甘多的一个士兵，他仰躺在双层铺上，用枪抵住脖子，说了声"晚安"，然后他的下半张脸就在一声可怕的巨响中消失了，下巴、嘴巴、鼻子、左耳，还有软组织、骨头和带血的碎片，嵌到了锌皮天花板里，就像镶在戒指上的宝石。他在急救站里挣扎了四个小时才死去，虽然不断地给他打吗啡，可他仍然痛苦地扭动身子，黏稠的液体从喉咙撕开的口子里咕噜咕噜地冒出来。

我当时正坐在马林巴村的集合地里，望着夜晚和神奇的昆虫，它们栖息在非洲浓浓的黑暗中，被暗影不知疲倦地吞进吐出。马林巴集合地紧挨着女教师的房子，她狭窄的骨盆正在永无止境的痛经折磨中渐渐溶化。当我听到无线电里通知我有人开枪自杀时，蝙蝠们正张开翅膀上的根根伞骨，如风中飞舞的纸片般绕着一大排杧果树盘旋，卡桑热下区是被炙热激情笼罩的阿连特茹，在安哥拉狂暴的喜悦中，甚至连痛苦和死亡都能赢得胜利的共鸣。"曼甘多有个家伙开枪自杀了！"护士官把针筒和工具塞进一个袋子时，护送小队已经等在了军官食堂边上。我们颠簸着向北驶去，惊起了蹲在路边熟睡的猫头鹰，它们在车灯前拍打翅膀，慌乱的羽毛散成一片，如同溺水者们在离岸不远的地方焦急地挥动臂膀。

曼甘多、马林巴干格、宾贝和卡普托，这些地方都让我深感痛苦：宾贝和卡普托是丛林深处的村庄，由民兵和特种部队守卫，受到秘密警察的线人和自告奋勇的白人监视。他们算是编外警队，穿得就像我小时候在埃洛伊叔叔阁楼里看到的图画书中捕杀河马大象的猎人，男人穿着高帮猎靴，举着双筒猎枪，微笑地踩在死去动物灰色巨石般纹丝不动的身体之上。从阁楼的窗户，可以望到蒙桑图的监狱。在我的想象中，里面关满了没刮胡子的畸形动物，它们眼神疯癫迷离地摇着铁栏，若是在半夜醒来，我似乎可以听到它们的呼吸声就在我耳边，会被它们吓得手足无力，没法动弹。埃洛伊叔叔给墙上的挂钟上发条，用蓝色的琉璃杯子来喝茴香酒，一种甜蜜永恒的宁静便会从餐具柜里降临下来，仿佛来自心爱的人的脸庞。埃洛伊叔叔，在开往曼甘多的路上颠簸时，我想起了他，想起了本菲卡夏日的午后如日光下窃窃私语的水果般沉重；想起了沙比·皮涅罗[1]嘶哑的诗句伴着响指和

---

1　沙比·皮涅罗（Chaby Pinheiro, 1873—1933），葡萄牙深受大众喜爱的戏剧演员。

口哨从喇叭花形状的留声机里传来。在我的内心，这份纯真丢到哪个角落里了呢？车灯把树木从黑暗中连根拔起，粗暴地拉向我们，临时修建的公路被雨水挖出了一个个大坑，变得高高低低，崎岖不平。在宾贝和卡普托，被政府推上台的傀儡部落酋长把自己关进村子以求自保，害怕地紧贴在身着刚果彩布的妻子身上。法西斯分子在非洲犯了大错，你知道的，在非洲犯下了愚蠢的大错，因为，也还算幸运的是，法西斯主义本来就是愚蠢的，愚蠢残酷到足以吞噬掉它自己。他们的错误之一是用假冒的酋长来取代世袭的首领，来取代那些高贵骄傲、不屈不挠的世袭首领。村民们唾弃鄙视这些冒牌货，只在自鸣得意的白人面前假装尊重他们，可暗地里，没人瞧得起他们，大家都继续服从躲到林子里面的真正头领。比如卡普托酋长，他抓起尊比神的木像，消失在夜色之中，而他的族人们茫然不知所措，焦虑惊恐地注视着空荡荡的壁龛，接收黑暗中传来的击鼓指令，那巨大的响声似乎就在耳际回荡。

曼甘多、马林巴干格、宾贝和卡普托：驻扎在曼甘多和马林巴干格的部队因疟疾和恐惧而簌簌发抖，半裸的士兵在营房令人难以忍受的酷热中跌跌撞撞，汗水和洗不到澡的身体散发出的恶臭使人眩晕，就像死尸令人作呕的气味。当我们俯下身子，期待死者向生者吐出悲伤腐烂的话语时，他们语无伦次，发出的就是这种味道。在曼甘多和马林巴干格，我目睹了战争的苦难、邪恶，以及它在受伤鸟儿般的士兵眼中的一无是处。在他们的绝望和自弃里，穿着短裤的少尉躺在桌子上，野狗在操场上舔着剩饭，军旗像软弱无力的阴茎耷拉在旗杆上，我看到二十岁的男人们坐在树荫里，沉默不语，仿佛是公园里的老年人。护士官正在用碘酒给膝盖消毒，我对他说："我们总有一天会在这里爆发。"因为，你也知道，当看到二十岁的男生这样坐在树荫里，如此这般希望全无的时候，一定会发生些怪异、意外的悲剧。这时，他们用无线电通知我："曼甘多有个家伙开枪自杀了！"我立刻向车子跑去，护送队在那里等我准备就绪，然后我们便沿着那条被雨水冲坏的道路，向北一路颠簸而去。

　　和你说这些事的感觉有点奇怪。当我触碰你的双乳，爱抚你的小腹，用手指去摸索你双腿之间湿润的接点，那里才是世界真正开始的地方，因为就是从母亲的两腿之间，我第一次用新铸硬币一样新鲜的眼睛，观察到一个陌生聒噪的成人世界，它的不安与它的匆忙。在这个里斯本贴着碎花墙纸的房间里，和你说这些事的感觉有点奇怪。墙纸是某个女友挑选的，后来她就蒸发了，就像来的时候那么突然地、偷偷地，从我的生活里消失，在我体内留下了触摸时仍会感到疼痛的伤口。从这个蓝色的房间里，你可以看到特茹河、阿尔马达市和巴雷鲁市的灯光，还有凝重的泛着蓝光的河水。这太奇怪了，你知道吗？有时我会问自己，战争是否真的已经结束，或它仍在我内心的某个地方持续，散发着令人厌恶的汗水、火药和鲜血的气味，它那些四分五裂的尸体，还有它那些等候着我的棺材。我觉得，当我死后，非洲殖民地还将会回来找到我，而我将在尊比神的壁龛里，徒劳地找寻那已不复存在的木眼睛，我将再次看到曼甘多在酷热中融化的兵营、村庄里在远处的黑人，还有不知向谁嘲弄地挥舞着的风向袋。夜幕将再次降临，我从军用卡车上下来，向急救站走去。那里，一个没有脸颊的人正处于弥留挣扎之中，被下士举到他脑袋边的煤油灯照着，飞虫扑到上面，翅甲噼啪作响。

　　那个没有了脸颊的人在无法自控的躁动中垂死挣扎，他被绑在铁制的手术台上，台子摇晃着，颤抖着，似乎每次晃动都有可能坍塌，生锈的关节发出麻风病人似的呻吟。一小群人聚到门口，好奇的鼻子贴到窗户上窥探，惊慌失措却又陶醉入迷地观望，血和唾液从不复存在的喉咙里冒出来，残缺不全的鼻子发出难以分辨的声音，被火药炸开的眼睛，就好像两个煮爆了的鸡蛋。不断注射到三角肌中的吗啡剂似乎只会让他更加暴躁，他绑着的身体蜷曲扭动，一次比一次厉害，层层叠叠的影子被煤油灯投到墙上，时而重叠，时而分开，在灰泥墙肮脏的几何图形上编出一支阴影斑驳的疯狂舞蹈。我只想夺门而出，把他丢在里面，从那里出去，跑到这外面，随意就会被营地里的野狗或抱住我们大腿的受惊小孩绊倒；我只想呼吸非洲空气中潮湿的棉花味道，坐在殖民者老宅的台阶上，双手托着下巴，放空自己，没有愤慨，没有懊悔，也没有怜悯，记起女儿草木色的眼睛，在家人从里斯本寄来的相片里，想象着自己感慨关切地俯在摇篮的小被子上，守护她入眠。曼甘多的夜里满是蟋蟀的聒噪，一种阴沉悠长、延绵不断的调子从土里爬上来吟唱，树木、灌木丛、神奇的非洲花木都从地里解放出来，在躁动不已和低声细语的稠密空气中自由飘荡。离我一米开外的地方，那个被绑在床上的人快要死去，仿佛高中时软木板上钉成十字形的解剖青蛙，而我，一次又一次往他胳膊上的肌肉里注射吗啡。我希望自己是在一万三千公里以外的地方，守护着女儿裹在摇篮的被子里睡去；我宁可自己不要出生，不要经历那一场景，经历那一切愚蠢又费尽心机的枉然；我希望自己是在巴黎某个咖啡馆里策划革命，或者是在伦敦攻读博士，跟英国、法国、瑞士和葡萄牙的朋友们一起，用埃萨·德·克罗兹那种蹩脚土气的讥讽谈论自己的祖国，谈论祖国那帮乌合之众，从未切身体验过真实强烈的对死亡的恐惧，也从未见过被地雷或子弹炸得支离破碎的尸体。我的脑海里不停重复着戴金丝边眼镜的上尉的话："革命要从内部开展的。"我望着那个没了脸颊的士兵，努力抑制住胃里泛出的阵阵恶心，希望自己是在万塞讷进修经济学、社会学或者随便什么鬼东西，在那里一边对家乡嗤之以鼻，一边静静等待它从那帮谋杀犯的手里解放出来，等待安哥拉的受害者把那帮奴役祖国的懦弱人渣赶出去，然后我会以一个干练、严肃、睿智、幽默的社会民主党人的身份回归，书箱里装着犹點容易的最新版纸质真理。

曼甘多、马林巴干格、宾比和卡普托:经过了最后的抽搐,那个家伙终于不动了,喉咙里的残存也不再焦急地咕噜冒泡。拿着煤油灯的下士垂下了手臂,影子像狗一样羞愧地蔓延到地板上,突然静止不动了。我们端详着那具尸体,现在他很安静,双手软绵绵地陷在大腿里。在手术台斑驳的白漆铁皮板面上,靴子里面看起来似乎是被稻草撑得胀了起来,一动不动。窗框里,那些透过窗子向内观望的人们已经不见了,他们往兵营的方向离去,挤成一堆的一小群人,慢慢散去,化成了无法辨析的低语。而我,你知道的,只要能远离这里,我真的可以豁出去,远离那个无声指责我的死去的家伙,远离那些在敷料桶里以及纱布、药棉和绷带中间堆起来的空吗啡瓶;我想在巴黎的咖啡馆里解释如何与法西斯斗争;想在伦敦对着某个英国女人令人炫目的美腿,大谈马尔库塞;想回到本菲卡,用手指轻触熟睡中的女儿的额头,在对着院子里无花果树的拉开的窗帘边,阅读塞林格的著作,那里的夜晚纷乱模糊,好像姨妈们的毛线,被我笨拙的双手搅作一团。

别。还没好呢。让我慢慢拥抱你,感受贴在我身上的你的肌肤,你的腹侧,轻柔的腰部曲线。我喜欢你口中的味道,喜欢用舌头触碰你牙齿上的结石,向我证明朽蚀的奇妙,喜欢看着你双唇凑过来的时候闭上眼睑,喜欢感受你的躯体温柔的完全付出。这张床是漂荡在里斯本楼宇和屋顶海洋之中的一座孤岛。我们的头发,如风中摇曳的一缕缕棕榈

树叶。我们的手指互相找寻，急切地试图扎下根来。当你的
双膝轻轻分开，当你的手肘压住我的肋骨，当你红色的私处
张开肥厚的花瓣之门，温暖绵柔湿润地奉献出自己时，我将
进入你的身体，知道吗，好像一条卑微肮脏的小狗试图在楼
梯平台上睡去，在坚硬的木阶上找寻无法得到的温暖。因为
曼甘多那个家伙，还有曼甘多、马林巴干格、塞萨、穆苏
马、宁达和希乌梅所有的家伙，都将从他们的铅棺里、从我
的内心深处爬起来。他们裹着飞扬的带血绷带，用逝者那顺
从哀伤的口吻要求我，求我交出因为恐惧而未曾给过他们的
东西：他们想要的是我反抗的呐喊，是对里斯本那群发动
战争的大人物们的拒不服从；惨败那天，那些人躲在卡尔
莫的营房里羞愧地号啕痛哭，吓得屎尿横流，惊慌失措，而
胜利的人山人海发出汹涌澎湃的歌声，将他们席卷而去，如
同广场上细瘦的树木被特茹河冲走一般。马林巴的战士们拒
绝去食堂用餐，拒吃军队配给的晚饭，他们留在操场上列队
排好，旁边是入伍时间最长的下士。那是一个严肃的金发男
人，一言不发在操场上用立正的姿势站着，直到当班的长官
当着我的面，用手枪狠狠地把他打倒在地。那个下士摔倒，
然后又站了起来，重新立正，血从他的鼻子、眉毛和嘴巴里
流出来。整个分队都保持队形，目不转睛地注视前方。长官
猛踢那人的身子，他在地上爬着想要找回自己的军帽戴好，
并以坚不可摧的顽强耐心不停地重复说道："长官，长官，长
官。"最后，整支队伍缓慢地走到食堂，接受了晚饭的汤汤

水水。问题并不在于军队配给的食物，你知道，我们吃的都一样，都是浑浊不清、几近腐烂的东西，可对村庄里的孩子们来说，这却已是令人垂涎的美食。他们常常睁着饿得凹下去的眼睛，带好生锈的罐头，贴在铁丝网上向我们讨吃的。我们所抗议的是这场战争；是这场狗娘养的战争；是驻足不前的日历上没完没了的日子，深不见底如同孤独女人悲伤而温存的微笑。我们所抗议的是那些被谋杀了的战友们的身影，夜里，他们在营房间徘徊，用死人惨淡泛黄的声音同我们交谈，用营地里骨瘦如柴的野狗那种受伤与指责的眼神盯着我们。战士们信任我，他们看到的是我在医务室里修复他们被地雷炸成碎块的身体，而当他们在凌乱的床单里因疟疾而籁籁发抖时，看到的是我守在床边。所以，你知道，他们觉得我是自己人，能够随时挺身而出，带领他们愤怒抗议。当有人挥着军刀把自己关在营房里并威胁要杀掉所有人然后自杀的时候，他们看到的是我走了进去，过了片刻，那人跟着我出来，伏在我肩膀上绝望地抽泣，就像一个巨大的婴儿，当里斯本的大人物们向我们射来爱国演说的有毒炮弹，战士们以为我能与他们并肩，为他们而战，能融入他们真实的仇恨，与之同仇敌忾；可他们看到的，让他们恶心的，却是我纹丝不动的消极顺从，我低垂的手臂毫无斗志和勇气，屈从于我作为囚犯的可怜宿命。

再等一下，让我慢慢地拥抱你，感受我肚子上你血管的跳动，欲望的波涛汹涌而起，歌唱着沿肌肤蔓延开来，床单里，双腿焦急地等待，蹭来蹭去。请让这个房间里充满微弱的呻吟，去找寻可以停泊的嘴唇。让我从非洲回到这里，让我感到幸福或几乎是幸福的，抚摸着你的臀，你的背，还有你柔软清新的大腿内侧，它们如同果实般坚实柔嫩。让我好好地看着你，把那些无法遗忘的东西抛诸脑后，忘记非洲肥沃土地上凶残的暴力；请将我拥入你的体内，现在的我，睁圆了讶异的眼睛，里面点点滴滴，都是对你的渴望，因为我就像是村里那些贴在铁丝网上的孩子们，眼窝饿到凹陷，在这个里斯本的清晨，把生锈的罐头伸向你白色的乳房。

# U

　　你感觉怎么样？这样？还是这样？不好意思，我今天不在状态，觉得自己笨手笨脚，心不在焉，身体也不受控制；威士忌弄得我的口气浑浊，有一股尿骚臭；我痛苦地意识到自己的无能，这让我担心不已。多年以来，我都在考虑报名参加那种速成班，宣传折页邮寄过来，只需十五天就能把人变成大力士、雷厉风行、发型笔挺、胡子刮得干干净净、一块块发达的肌肉，女孩们为我们所倾倒，将我们围绕在敬仰崇拜的云端：

　　在家里，无须任何设备，只需锻炼十分钟，就能使您成为一个真正的男人；

　　老板面前信心十足，女士芳心即刻捕获，全靠桑桑塑身法；

长高十三厘米，无须增高垫，请用格列佛骶骨延长术；

用上一次，阿泽维奇乳液就让您的秀发恢复自然色泽，闪亮柔顺即达；

焦虑烦躁？郁闷神伤？快来参加星体磁学课，只需五节，就能让您的未来充满信心；

减掉难看大肚腩，全赖减腹自行车，在家就能骑；

求职不力？誓与秃发战斗到底，用完伊速特丝天然精华油（富含加拿大海藻），所有的大门都将为您敞开；

因为狭窄的肩膀让您在海滩上羞于赤膊？《卡维可罗尼电子健肩器让我赢得妻子芳心》为您解开所有奥秘，请速往专卖店领取；

饱受口气困扰？请试用挪威瑟伯罗福喷雾（以洋葱皮与大蒜精油为主要原料），朋友将蜂拥而至，为您的言语倾倒；

口吃问题？阿泽雷多教授主持的超心理学精神咨询，将使您一如电视节目主持人，优雅流利。

不，听着，我只是在半开玩笑，主要是为了掩饰自己无能的羞耻，装作看不见你沉默中轻闪而过的失望，就像我的小女儿，快乐的微笑中不时会有阴影略过，让我的内心深处泛起一丝悔恨与怀疑的酸楚。我绝望地想要变成另一个人，你知道，变成一个能够肆无忌惮去爱、能让我的兄弟们感到骄傲的人；变成一个让自己感到自豪的人，在理发师或裁缝师的镜中看到自己愉快的笑容、金黄的头发、挺直的脊梁、衣服下清晰可见的肌肉、坚毅的幽默，还有务实的智慧。自己这份笨拙丑陋的外表让我感到愤怒，话哽在喉咙里，在陌生人或让我不安的人面前，双手都不知该如何摆放。对你的恐惧让我感到愤怒，我害怕让你不悦，担心无法使你的身体在床单上如波浪般起伏，让你感到既赢得了胜利同时又被征服；担心无法让你的胸部在愉悦中颤抖，仿佛是破碎之前的巨浪；担心在高潮那一刻，无法让你从口中对我吐出天使般缥缈的言语，在拉丁文的亲吻中随波荡漾。让我再试一次，再给我无望的痛苦一个机会，因为我已放弃了对你的诱惑，不再试图让你臣服于我的强悍或是我的魅力，不再想象你在电话簿里查找我的姓名，邀我周六与你共进晚餐，你就坐在那里注视着我，忘记了烤牛柳，也忘记了时间，沉醉在新发现的惊讶之中。一个机会，不是为你，为我们，而是为我：请你成为我灵魂片刻的卡维可罗尼牌电子健肩器，帮我那无精打采的瘦削肩胛长成充满希望活力的宽阔双肩，助我那突然变成强壮倒三角的躯体，轻松愉快地举起这个被击垮了的弱小男人，也就是我自己。这个新的躯体把我举起，仿佛充满力量的圣母抱着精疲力竭的耶稣，好像多年以前的我，抱着那个被坎博河里的鳄鱼咬掉左腿的黑人，他轻轻地呻吟，就如同在臭气熏天的窝里，被围在粪便和羊白骨中的鬣狗幼崽那般。

我痛恨坎博河，那条到处可见鳄鱼与蟒蛇的河流，因为在雨季，雷暴雨会从它流动缓慢的河水中升起，卷成暗黑色的云团，涌到驻地上空，浓云如钢琴沿着空中的楼梯翻滚而下。雷暴雨到来的时候，在卡桑热，人们都会齐聚到一模一样的锌皮屋顶下，惊恐地颤抖。此时，磷和硫的气味在臭氧饱和的空气中飘浮，静电发出的缕缕火星，让我们僵硬泛蓝的头发显得更长；面对雨水，树木担惊受怕，谦卑地弯下了腰；面对雨水，安哥拉的苍天大树变得矮小惊惧。当闪电落下时，大家面面相觑，它如相机的镁光灯般迅速，斜侧着打亮了我们的脸，使得皮下颧骨悲惨的肌理暴露在外，一览无余。在坎博河岸靠近筏子的地方，我见过一条垂死的蟒蛇，喉咙里卡着一头山羊，在草地上扭来扭去，就像心律不齐的病人在医院的长椅上扭动身体，抽泣着哀求别人把他们杀死，还试图用手指从胸腔里拔出就像绷紧的吉他琴弦那样震颤的血管。

　　我见过鳄鱼的眼睛在水面漂来漂去，深沉专注，如同一个侧耳倾听的女孩，眼里忽闪着伏尔泰半身像脸上的无情嘲讽。纯朴的表面下，隐约可见食肉动物对于人类的蔑视。我也见过一间茅屋被闪电击中，焦黑的颜色好像弗拉戈女舞者让人窒息的眼睑，屋里有一个女人坐在草席上，纹丝不动，包围她的绿色光环，放射着塑料法蒂玛圣母像和闹钟指针上的荧光。

　　我痛恨坎博河和沿岸那些限制了它流向的凌乱灌木丛；有着柱廊式阳台的废弃楼房埋没在杂草堆里，蜥蜴和老鼠从它们残存的废墟中恶狠狠地打量着我们。我们都痛恨那条河。在那里，悲伤的木刻神像用充满哀求和威胁的嗓音相互召唤；在那里，洗衣妇们在泥泞的石头上搓洗我们的军装，身后是被吊足了胃口的士兵们，他们双膝跪地自慰，把武器遗忘在一旁。我们的五脏六腑里已经装了二十五个月的战争。这二十五个月里，我们吃的是屎，喝的是屎，为屎而战，为屎而病，为屎而倒下。脏腑之内，这如此漫长、痛苦、荒唐的脏腑之内的二十五个月。甚至于荒唐到，有时到了晚上，在马林巴村的集合点，我们会突然面对面大笑起来，无法抑制地爆笑，我们细看各自的表情，怜悯、嘲弄和愤怒的泪水带着讥讽顺着瘦弱的脸颊流下。直到用牙齿叼着空烟嘴的上尉坐上吉普车，开始摁喇叭，惊飞起杧果树上的蝙蝠和安哥拉神奇的虫子，我们才会像哭泣的孩子突然止住哭声那样，安静下来，用无比惊奇的目光打量周围的一片漆黑。

我们的五脏六腑里已经装了二十五个月的战争，五脏六腑里装了二十五个月毫无意义的愚蠢暴力，所以我们像动物相互撕咬玩耍那样，以咬人的方式自娱自乐；我们会用手枪互相威胁，像愤怒嫉妒的狗一样发狂地相互辱骂；我们会在大雨留下的水坑里，吠叫着滚来滚去，把安眠药混在配给的威士忌里，在操场上摇摇晃晃地打转，齐声喊唱军校里的污言秽语。几天以前，我们的三个战友在一次交通事故中意外丧生。一棵树意外地从丛林里冒出来，竖到小路中间，挡在了军用卡车的正前方。车子刚刚从奇基塔镇的杂货店里开出来，几个人在粗布柜台的边上喝过几杯温热的啤酒。我们发现他们时，尸体散落在灌木丛中，头骨破裂，非洲的红蚁沿着他们纹丝不动的手臂执着地向上爬着。几天以前，最后这几个被害的同伴离开了我们，裹着帆布被送到马兰热市的棺材里面。木头棺材是用铅封死的，尽管如此，却依然散发出令人作呕的恶臭。他们一具挨着一具并排躺在军营的仓库里，死去的脸庞上显得平静安详，没有躁动不安，那才是我已遗忘的年轻人应有的表情，亲切友好，心不在焉，凡事都无所谓，可他们却曾毫无缘由地经历了苦痛，变得衰老。我羡慕他们，你知道的，羡慕他们躺在土豆和面粉袋、饮料瓶、盒装香烟和一台犹如中世纪刑具的巨型磅秤之中；我羡慕他们不再担惊受怕的安详，那空洞黯淡的希望，从他们未能闭紧的眼睑里渗了出来；我羡慕他们能在我之前回到里斯本去，他们的额上，干涸的鲜血结成了花朵文身的样子。

你听。天快要亮了，远处院子里的犬吠声稍稍变了调子，带上了一丝黎明死灰般苍白的回响。透过百叶窗上的缝隙，白昼膨胀起来，犹如一个沉重痛苦的囊肿，里面包裹着时钟与疲倦的脓液。我们点起的香烟中，有一种仪式之后教堂里充满的熏香味道，弥漫在尖尖的蜡烛之间，在圣像描画的美德之中，在版画上被时间晕开的圣徒胡须里。天快要亮了，所有的灯火都将变得多余，太阳会无情地展示我们平躺的躯体、皱纹、嘴角忧伤的线条、凌乱的头发，还有枕头上面霜与彩妆的残留。你知道的，就像战场上四散的乱糟糟的尸体，甚至不再会引起同情；就像一间凌乱不堪的阁楼，只

192

不过里面不是家具，而是荒谬地被斩了脑袋的尸体。我们像猫头鹰一样，被白昼肌肉强健的力量推到黑暗仅存的皱褶里，我们在那里焦急不安地抖动潮湿的羽毛，紧挨着挤作一团，找寻一份并不存在的庇护。因为没有人拯救我们，没有人能够拯救我们，没有分队会带好迫击炮前来支援。这就是我们，彻彻底底的孤立无援，在这床铺的甲板上，没有指南针，仿佛一张木筏在卧室的地毯上犹犹豫豫地摇摆。就某种意义而言，我们依旧留在安哥拉，你和我，你知道的，和你做爱，就如同是在马考村特雷莎大娘的小屋里。那是一位丰满、睿智、充满母爱的黑人大妈，如主妇般温柔纵容地把我迎到干草垫上。她的手指使我的脊背颤抖；口中浓浓的鱼腥和烟草味从我的胸膛一路往下蔓延至阴茎，让它坚硬起来；她巨大的深黑色乳房，肿胀着温存的透明乳汁，在我的嘴巴前面摇晃。橄榄油灯芯照出了虔诚的圣像，是墙上贴着的明信片插画。她阴户那毛发浓密的唇擦过我的肩胛，如同理发师的刷子，在我的外套上蹭来蹭去索要小费，而我感觉就像那些死于卡车事故的战友，被停放到了仓库里，额上开着血的花朵，平静地躺在面粉袋、土豆袋、汽水瓶和香烟盒中间。行政长官的新宅里，军官们玩着乐透牌，痛经的女老师正和通勤车司机围着餐桌翩翩起舞，殖民地苍白的愉悦使每个动作都蒙上了悲伤的色彩。特雷莎大娘从里面把门锁上，你知道的，免得有人前来打扰，然后，如举行仪式般，慎重缓慢地解开我的衬衫扣子。特雷莎大娘的村子周围弥漫着大麻和烟草的甜香，这里或许是唯一没被战争瘟疫般残忍的恶臭侵占的地方。战争在安哥拉这片被祭献的红土地上蔓延开来，还登上军舰，与从炮火地狱中归来且不知所措、晕头转向的部队一同抵达了葡萄牙。它溜进了我们这座不起眼的城市，在这座被里斯本大人物们用彩纸粉饰出来的浮夸城市里游走。我发现它像猫儿一样躺在女儿的摇篮里，恶狠狠地斜眼瞪着我；它躲在被单里观察我，仿佛带着牌桌上少尉阴郁羡妒的怒火，腰间别了手枪，满怀敌意地算着对方手里的牌。战争扩散到了酒吧女人们的笑容中，暗淡的灯泡投下阴影，扩大了她们鼻子凸起的线条；饮料被搅浑，掺上了某种复仇的酸涩；它穿上黑衣等在电影院里，在我们的座位上正襟危坐，仿佛一位丧偶的公证人员，正从夹克口袋里拿出塑料眼镜盒。它就在这里，就在这间空荡荡的房子里，在这间空房的衣橱里，孕育着像我内裤一样软绵绵的胎儿，在灯光永远照射不到的黑暗的几何形空间里；它就在这里，轻轻地呼唤我，用宁达和希乌梅土路上被杀的战友们那种受伤苍白的微弱声音，把瘦骨嶙峋的白色手肘伸向我，缥缈地拥抱过来，令我痛苦不堪。它就在你的身上，在你那冷嘲热讽、毫无爱意的面部轮廓里，在你固执的沉默中，在你做爱时臀部的机械动作间，吞噬着我的阴茎，好像是胃在冷漠地消化送上门的食物。你耐心地被我吻着，心不在焉，百无聊赖，如同我小时候瞧见的妓女那般，仿佛破旧的充气娃娃，停泊在床垫上晾干的精斑中。我把一厘米薄荷味的战争牙膏挤到早晨的牙刷上，把宁达桉树的深绿色泡沫吐到台盆里，我的胡子是查拉拉的丛林，抵挡着犹如炸药的剃刀，从我的五脏六腑之内，一阵被血浸透的热带地区剧烈的嘈杂声油然而起，抗议示威。但是，在特雷莎大娘的小茅屋里，瓶中的大麻叶子散发着淡淡的甜香。战士们把它们偷装在创可贴盒子里，从安哥拉带回来，卖给罗西奥区虚弱的青年，那些青年好像得病的鸟儿，在怯懦和堕落的迷惘中，一瘸一拐地围着喷泉打转。特雷莎大娘的小茅屋，当门被锁起，上面的小窗被滑上，有了一种圣器室的亲切，战争便在杧果树间绕来绕去，手里牵着死去的英雄与灰泥石膏塑成的虚伪的爱国主义，不敢入内。我躺在干草堆成的床垫上，听着外面战争狂躁的脚步，知道它正从墙缝中窥视着我瘦弱疲惫的身体；我能感受到它被拦在门外，那种无声的愤怒的无奈，并受到油灯芯、虔诚的圣像和贴在墙上的明信片的鄙视。于是，我微笑着，脸朝下躺到枕头上，因为在这个燃烧中的国度里，自己终于处于平静，安详与平静之中。

你听。天快要亮了，对面大楼里的闹钟会粗暴地把熟睡的人们赶出梦乡，把他们从被窝那月光满溢的子宫里拽出来，扔到索然无味的日复一日中，去做令人郁闷的工作，去吃食堂难以下咽的炸饺。此刻，院子里的犬吠声听起来就像工厂监工的咆哮，或是一九六二年那场大学生示威中警察的叫嚣，他们戴着一种面罩，手持警棍和催泪瓦斯追赶我们。很快，太阳就会把这张床单铺成的海难木筏残酷地暴露到光

195

芒之中，我们用乞丐间的默契分享最后一支香烟和最后一杯威士忌酒。你知道的，衣服随意散落在地毯上，桥拱底下两个无足轻重的赤裸乞丐，用肮脏的指甲挠抓自己沾满灰尘的脚趾。所以，如果你不介意的话，请到我床的这边来，嗅一嗅床垫上我这块凹下去的印子，用手来抚摸我的头发，仿佛真能对我温情脉脉，感受温柔渴望的冲动；请把战争那充满憎恨残忍、如瘟疫般的恶臭驱赶到走廊里去，为我们垮掉的躯体营造一份轻柔的儿时的平和。

# V

　　你知道马兰热吗？我一直在等待着天明，好跟你说说马兰热；说说那极地黄昏的虚幻，犹如清晨栖息在贝拉省松树冠上的那种透明光圈，把事物和面孔都包裹在里面；说说清晨屏息倾听、停滞的大海的沉默。让我来跟你说说马兰热。马兰热城，你知道的，如今被内战变成了一堆瓦砾和废墟，这是一个因愚蠢无用的暴力轰炸而面目全非的地方，一片满是尸体、冒烟的房屋残骸与死亡的平地。也许在那时，当我在回国途中经过那里的时候，便已然猜到，那楼房完好无损的轮廓、花园中的树木、咖啡馆的下面，都藏有瓦砾与废墟。咖啡馆里坐满了自命不凡的黑白混血。他们的巨型豪车，托着鲨鱼鼻样子的大车灯，停在人行道上。也许我可以预见，在看似强健的阳光底下，它的死期将近，就像某些病

197

人让我们看到的，隐藏在欢快微笑与充满虚望的眼神背后的面部抽搐，不是恐惧或嫌厌，而是耻辱、是痛苦。卧床的耻辱、没有力量的耻辱、即将在痛苦中消失的耻辱、暴露在他人面前的耻辱。那些在床脚看着我们的人，用得以解脱的幸存者的惊惧，编造出令人心痛的乐观言语，在病房角落里与护士低声交谈。而浮生一日的光亮，透过窗户，斜照进病房。你知道吗，马兰热如今被内战变成了一堆瓦砾和废墟，一座被摧毁、消失的城市，一座断垣残壁、墙体焦黑的狄阿娜神庙。可是，在一九七三年，在一九七三年年初，它曾是钻石之乡，是从事钻石走私、原石买卖，以及在宝石不法交易中发家致富、肥得流油的人们的乐土：每个人，黑人、白人、警察、国家安全警备署警察、行政官员、教师、军人，口袋里都揣着试剂瓶。入夜，肮脏的村庄周围，人们从事着钻石交易，卖家从河上或边境过来，把闪闪发光的玻璃晶体包裹在碎布片里，同伙们则在一边操刀严密地保护着。桉树下的村庄和妓院、彩棉被罩、洋娃娃、镶着银牙的老妇人，黑胶唱机咆哮着令人心悸的刚果梅伦格舞曲，年轻黑人姑娘突然咯咯大笑的幸福感，只需二百埃斯库多就能买到。她们带着嘲弄的喜悦，边笑边把我们引入体内。

马兰热是一个身材矮小、满脸皱纹的秃顶军官，他站在中学门口看女学生下课，带着糟老头的色欲猛舔卷烟纸，又或者是，晚饭后驻足在正对食堂阳台的人行道上，用动物标本那样凸出的眼睛盯着青春期的邻家女孩收拾桌上的餐盘。

有一次在希乌梅市，我看到他在一个女囚面前拉开裤子拉链，强迫她抬起一条腿搭到坐浴盆边上，接着，便进入了她的身体。他的头上顶着军帽，活像一只令人生厌、透不过气的公羊，从鼻子里发出哼哼的喘息。我走进中士们的浴室，那个臭猪圈一样永远积水、令人作呕的所谓浴室，看见那个军官像癫痫发作般疯狂地抱住女囚。那个胆怯沉默的姑娘靠在瓷砖墙上，眼神空洞。他们的头顶上，窗户之外，平原伸展开去，宛如一把被染绿的巨型扇子，可以猜想，上面是河水迟缓、蜿蜒、几近金属色的光芒，还有浓雾中安哥拉的伟大和平，在下午五点，从一层接一层互不相融的雾气中折射出来。军官的屁股飞快地做着活塞运动，一块块模糊的汗渍让衬衫粘到了背上。他的下巴颤抖，好像收容所食堂里吃饭的退休老人；女囚用她那双空洞的眼睛死死盯着我，让人无法承受。你知道吗？那一刻，我想把自己的阴茎也掏出来，把尿撒到他们两个身上，缓缓地，把尿撒在他们两个身上，就像小时候对着花园里的癞蛤蟆撒尿那样，它们石块似的一动不动，躲在两根树干之间痛苦地喘息。

可我们却无法把尿撒在战争身上，撒在那战争的邪恶与腐败之上；反而是战争，把碎片和子弹尿到了我们身上，把我们围困在狭隘的痛苦中，把我们变成了悲伤愤怒的动物，抵着冰冷发亮的白色瓷砖墙强奸妇女，又或者使我们夜里在床上一边手淫一边等着敌人来袭，自暴自弃和威士忌酒让我们心情沉重，像受惊的胎儿那样蜷缩在被单里，听着风儿缥纱的手指拂过桉树，宛如指关节般轻轻地滑过沉寂树叶制成的钢琴键。我们这里没有树木：只有拔地而起的楼房上的灰尘，这栋楼周围的大楼都带着同一种令人沮丧的风格，适合性格忧郁的银行职员。那边阿里艾罗区的灯火，仿佛盲犬空洞的蓝眼睛。雷斯海军上将大道，还有那里关了门的商店，像熟睡孩子的拳头一样把自己封闭起来：人们醒来，拉开窗帘，向外张望，看到灰暗的道路、灰暗的汽车、灰暗的轮廓灰暗地移动，感到一股灰暗的绝望在心中涌起。然后，他们又无可奈何地躺了回去，在愈来愈浓的梦乡里喃喃吐出灰暗的话语。

你有没有发现我住在一座庞贝城中？城里正在建造大楼，有越来越多的墙、梁、瓦砾，有报废的起重机、成堆的沙子，还有像生了锈的胃一样的圆形水泥搅拌机。再过几个小时，戴安全帽的工人们就会开始骑在窗框架子上，用榔头敲打这沾满灰尘的废墟。焊枪带着顽固的怒气钻通混凝土，水管工们在房屋僵硬的肌肉上，打开灌木丛般的动脉管道。我生活在一个死去的世界里，没有任何气味，满是灰尘和石块。住在一楼那个联合诊所的男护士，穿着白大褂走来走去，胡须看上去带着惊讶的样子，就像半人半羊的农牧神，徒劳地在自己身旁找寻岸边的嫩草。我生活在一个满是灰尘、石块和垃圾的世界里，最多的就是垃圾、建筑工地的垃圾、违章搭建房屋的垃圾、纸片垃圾——它们被并不存在的气息吹起，沿着围栏绕圈打转，互相追逐，掉到排水沟里飘走——还有黑衣吉卜赛人的垃圾，他们住在地底下，仿佛睿智的门徒们，永远耐心守候。

我想跟你聊聊马兰热的事情，因为现在我已进入了状态，是不是？你甚至还呻吟了一两次，发出心满意足的小母狗的叫声，你在某种亨廷顿舞蹈症似的惊颤，或是晕厥中兴奋地扭动身体。你的脸庞、闭上的眼睛、张开的嘴，那一瞬间就像儿时教堂里参加圣餐仪式的老太太，戴着松脱的假牙，喘息着，伸出舌头，热切盼望吃到代表圣体的白圈面饼。作为儿童唱诗班的一员，我常常陪伴神父，饶有兴致地观察那些老太太们难以令人置信的长舌头。她们携带骨头柄的雨伞，互相推搡，还戴着类似女演员项链的大念珠；面前的神父，手持圣杯，从嘴唇边上，啫哝着发出神秘的打嗝声。我想跟你聊聊马兰热，还有那个被妓院和桉树环绕的城市，钻石走私贸易的故乡。到处都是满嘴脏话、粗暴野蛮的投机分子，他们眼神谨慎飘忽，随意地坐在露天咖啡馆里。我想和你谈谈马兰热奇迹般的光芒，这么说吧，它的光亮是带着浮躁野蛮的狂喜从地底下迸发出来的，是从国家安全警备署的地堡和下边那个自命不凡的营地里迸发出来的，你知道的，那是一个省级兵营，散发着冷漠和军士们的体味。

从马兰热到罗安达，四百公里的道路穿越了萨拉查的奇异山丘，经过了柏油路旁、仿佛长在嘴巴周围的肉赘的村庄，渡过了栋多河雄壮的激流。在那里，人们可以隐约感受到大海的存在，其迟缓如帕维亚女子慵懒的臀胯，还有罗安

201

达湾白色的长腿鸟，它们那泡沫塑料般的纺锤形身体轻轻地滑过水面。但是在马兰热，重要的是破晓前的那几分钟，破晓前虚幻、酸楚、荒谬的那几分钟，仿佛失眠或害怕的脸庞那般扭曲失色，空寂无人的街景，渗透在树木与枝杈之间的沉默，还有那些枝条，仿佛被某种莫名的惶恐伤到，犹豫迟疑，往后退缩。黎明之前，你知道的，所有的城市都变得躁动不安，它们不适地褶皱起来，好似未眠人的眼睑，偷窥着光亮，悄悄望着亮光犹犹豫豫地降生，如同屋顶上的病鸽般战栗，抖动起暗夜的羽毛，为脆弱空心的骨骼担惊受怕。苍白的第一缕阳光泛出橙色，仿佛是用铅笔画在消退的银色天空之上。住宅房屋、萎靡的广场、缩小的街道、狭窄的小巷，它们构成的混乱几何图形中，太阳慢慢地露出脸来，与不再神秘的阴影相遇。阴影躲到客厅里面，躲到酒杯的光泽和相框里逝者的笑容之间，寻求庇护，而逝者们上扬的八字胡，就像是给出一道有关水龙头的难题后数学老师讥讽抬起的眉毛。所有的城市都变得不安起来，可是，马兰热，你知道的，它弯下腰把自己蜷曲起来颤抖，就如同我，在床上，俯在你身上，担心等候着我的白天，感受到它那无法承受的石头般的重量压在胸口，感受到积在我手上的尘埃，享用午餐那永远索然无味的牛肉前，已在洗手时被留到了餐厅里面。我想要请你不要离开，请你留在这里陪我，和我一起躺着，不只是等待早晨，还要等待下个、下下个和再后面那个夜晚，因为自闭与孤独正在我的五脏六腑、胳膊和喉咙里纠结，使我无法移动，无法说话，把我变成了一个痛苦挣扎、却没有能力喊叫或打手势的植物人，等待拒绝到来的睡意。请留下别走，直到我终于入眠，我用令人费解的某个无力动作从你身边挪开，仿佛溺水者们在落潮中起伏；直到我脸朝下躺开，嘴压着枕头，在枕芯里嘟囔无法分辨的言语；直到我陷入某种死亡的沼泽井里，在药丸和酒精导致的重度昏迷中酣眠。请留下别走，因为马兰热的早晨已在我体内膨胀，它扭曲的镜像在我体内左右颠倒地震颤。我独自一人在城市的柏油路上，在咖啡馆和公园附近，被一种漫无目的、奇特、模糊却又强烈的欲望所控制。我想起了里斯本、吉娅保姆和大海，想起了桉树下的妓院，还有那里面躺满了美女娃娃、铺了绣花方巾的床。回归祖国的恐惧让我喉咙发紧，因为，你知道的，任何地方都没有我的立足之地。我走得太远太久，便已不再属于这里；不再属于这些下雨的秋日和周日弥撒；不再属于这些如坏灯泡般黯淡的漫长冬天；亦不再属于这些我已无从辨认、被讽刺漫画家创造画出的皱纹下的脸。我漂浮在将我拒之门外的两个大洲之间，无处落脚，想要找寻一块可以停泊的空地。那可以是，比方说，你那山脉般延绵的躯体、你身上随便哪块凹处或某个洞穴。你知道的，它能让我安放自己惭愧的希望。

# X

　　别，说真的，听着：既然我们就要分开，此前我们约好了不知道在哪个餐馆里见面，而明天我们都不再记得；既然我们再也见不到对方，或许只是在酒吧或电影院里偶遇，只来得及迅速挥挥手或微笑一下。那种转瞬即逝的、毫无情感的微笑，好似相机快门那样张开闭合，只露齿间一抹圆弧形的亮色；既然你要穿好衣服，动作迅速、淡然，宛如女子从妇科医生的检查桌上下来，你把扣子扣好，好像用订书机把自己钉了起来，而我则用手肘支着床垫，在烟灰和烟头几乎溢出的烟灰缸边，一股烟草冷却后的恶心味道从里面飘出来，一切都已结束的味道，那么，我可以向你承认，我是喜欢你的。真的。我喜欢你沉默中专注的讽刺，静默的表情上时不时地会发出咯咯的笑声，宛如一朵迟疑不决的云；我喜欢你那些异域风情的手镯，上下打量我的闪烁目光，还有那充满弹性的大腿根部，你的双腿紧紧缠绕住我的身体，仿佛是水，只用一个无声的动作，便湮灭了溺水者手臂最后一次海藻似的挥舞，使之溶解成没有重量的泡沫，消散殆尽；我喜欢在你身边度过的夜晚，缓慢而沉重，如同睡梦中的颈背一般，想象你会马上回来，拉着装满衣服的箱子，站在门口的垫子上，用一种既锋利又迷惘的眼神充满激情地注视着我。于是，我们两个便会厮守在一起，在这间没有家具的忧伤的房子里，紧紧相拥，一起注视那条河，看着灯火在上面凝结成跳动的璀璨光影，宛如在手指一般的阴影按压下显现的根根血管。我们会在厨房里一起发明奇怪的菜肴，把瓶子、调料和亲吻混在一起加到火上的炉子里；我们的客厅会淹没于慵懒的东方气味、无聊的杂志和儿童的涂鸦之中；我们会在可恶晚年的单纯欢愉之中，相互数着对方的白发，你用指甲挤出我的黑头，我的舌头会在你兴奋的脚趾间穿梭；然后，我们会在地毯上沉沉睡去，把床、工作的责任和闹钟的机器人暴政统统抛诸脑后。你知道的，如果我们算不上幸福，那么至少，该怎么说呢，也能愉快地感到心满意足。

真不好意思对你说了这些，可我是如此厌倦孤独；如此厌倦生活这场悲惨可笑的闹剧；厌倦了快餐里的碎牛肉片；厌倦了清洁女工对我的欺骗、糊弄我打扫的时间，还有电器上的灰尘，以至于有时候，你知道的，我的内心会涌起一股强烈的冲动，就像生活在垃圾堆里的某些动物，希望让这份我恶心地赖以生存却又使我痛苦的混沌远离我，我只想站在镜子前面，吹起快乐且无瑕的口哨。我想把每日所背负的死亡的不适吐到马桶里，它就像我胃里的一块酸性结石，在我的血管里蔓延，如可怕的油腻液体，在我的四肢里流动；我想梳洗干净，健健康康，回到起跑线上。在那里，令人愉快、富有同情心的脸庞等待着我，把我围在中间，家人、弟兄、朋友、女儿、那些对我有所期待而我却因羞怯或虚荣未能付出的陌生人，我愿意为他们奉献一种无怨无恨、洞悉世事的明了，以及从未能做到过的不带嘲讽的温情；我想要赶走这些僵硬的尸体，它们端坐在我的椅子上，苍白执拗地等待着。母亲径直从我身边走过，脑海被其他琐事占据，扶手椅上的父亲抬起眼睑，扫过我却并没看到我，兄弟姐妹们沉浸在各自无法开解的内心的古怪纠结之中；我想要赶走那些被大马士革布罩住的立式钢琴，它们奏出的肖邦乐曲将我缠绕起来，陷入自我陶醉的忧郁之中；我想要的是伊莎贝尔、伊莎贝尔的真实存在、伊莎贝尔那无须依附于我的独立存在、伊莎贝尔的牙齿、伊莎贝尔的笑声、伊莎贝尔穿的男士衬衫下羚羊鼻子般的双乳、她做爱时搭在我臀上的手，她震颤抖动的眼睑，好像是被一枚残酷的别针别到了条纹纸上。

你可以把灯关掉：我已经不需要灯光了。当我想起伊莎贝尔时，便不再害怕黑暗，一种琥珀色的光芒会为万物笼罩上一层七月早晨彼此心照不宣的静谧。我总是觉得，它们带着自己孩童般的阳光，在我面前摆好了可以用来创建无限美好的必备材料，连我自己也永远无法清楚解析。伊莎贝尔用她那温和无情的实用主义取代了我已瘫痪的梦想，用两三个简单得让我讶异的决定做成金属线，把我生命里存在的缝隙迅速扎好。接着，她突然又变成了一个女孩，躺到我身上，双手捧住我的脸恳求道："让我吻吻你吧！"那细细的声音里的乞求，使我意乱情迷。我觉得，自己失去她的方式就跟失去其他一切一样。我将她甩开，用波动的情绪、出人预料的愤怒、荒谬绝伦的要求，这种对温柔的焦躁的饥渴，既排斥真情，却又不断痛苦地翻腾，无声的呼喊中到处都是莫名其妙、怀揣敌意的荆棘。让我感动与不解的是，自己还记得阿尔加维的房子，被蟋蟀和无花果树所环绕的屋子；还记得温暖的夜空被远处海洋的光晕染上了颜色，白石灰墙似乎在黑暗中泛着荧光；还记得我混乱冲动想要爱抚她的激情，似乎停在那里，犹豫不决，离她的脸庞只有几厘米远，最终化成了说不清道不明的摩挲。当我想起伊莎贝尔，某种类似于潮汐的感觉便会顺着大腿一直往上爬到阴茎，这种潮汐充满了爱的张力，无法驯服、活力四射，使睾丸因欲望的蠢蠢欲动而变得坚硬，蔓延至腹部，然后在我千军万马的体内张开它巨大平静的羽翼。我们会再次踏遍辛特拉积满灰尘的古董店，寻找木雕家具；我们会走进好似蓝色鱼缸的夜店，在那里，我第一次惊喜地触碰到了她的嘴；我们会幻想出一个神奇的未来，有褐发小孩和好多好多摇篮；我会感到幸福，感到一切的合乎情理与幸福。当潮汐退去，我在床单里拥抱着她的身体，床单上的褶皱如同海浪般涌向白色枕头的沙滩，枕头上我俩的脑袋融在一起，你的深色，我的浅色，里面本来就有孕育神奇的奇异胚芽。

你可以把灯关了：也许这样，我在这个巨大的房间里就不会感到如此孤独；也许伊莎贝尔或你，有一天会回来看我，我会听到电话里的声音，听筒塑料小洞里发出明确清晰的声音，她的或你的一句"你好"钻入耳中，温暖舒适的油腻感就好像是儿时为取耳垢而滴入的软化油；也许我会去接你或接她下班，在车里等待，不耐烦地抽烟，抬起屁股，好在后视镜里把领带结调正，你或她会在黑暗中坐到我的身边，对我微笑，弯下身子把玛丽亚·贝塔尼亚[1]的磁带放到录音机里，然后用温柔坚定的手肘绕住我的脖颈："让我吻吻你吧！"让我吻吻你吧，当你穿衣服的时候，当你用盲目笨拙的动作去系背后的胸罩扣子，此时的肩胛骨像鸡翅那样突出来；当你在床头柜上找寻那些银戒指，额上竖起一条孩子气的专注的皱纹；当你与梳子斗争，因为它被纠缠在秀发的波浪之中，我这光秃秃的头顶对如此浓密的头发羡慕不已，强烈的妒忌使我无处遁形。每天早晨我都在想，什么时候我就得开始从耳边分开头路，艰难费力地扯出一缕头发来遮盖光溜溜的头顶。我开始不带讥讽地研读报纸上的假发广告，这些广告上常常附有体毛多多、头发光光的男人照片，

---

1　玛丽亚·贝塔尼亚（Maria Bethânia Viana Telles Veloso, 1946—　），巴西著名歌手、词曲作者。

他们都心满意足，露出毛茸茸的大猩猩般的微笑。我把去年的照片抛在脑后，就像一艘小船离开了码头。有时我会觉得变成了一幅自己是画中人的奇怪漫画，一张扭曲的由皱纹混杂而成的鬼脸。让我吻吻你吧：有哪个女人会想要亲吻现在的我，这个曾经的我的悲哀滑稽版本呢？肚子凸出，双腿纤细，空空的睾丸袋子上覆盖着褐色的鬃毛。再好好想想，还是不要把灯关掉吧：谁知道呢，也许这个清晨把夜晚隐藏在了它里面，它比我经历过的所有夜晚都更黑暗；这个夜晚生存在威士忌酒的瓶底、乱七八糟的床底下，以及所有缺失的事物深处；在这样的一个夜晚，一块冰块漂在杯子上面，下边是三指高的黄色酒液，内心深处空空如也，寂静得令人无法忍受；在这样的一个夜晚，我迷失了自己，在墙与墙之间磕磕碰碰，被酒精弄得迷迷糊糊，对着自己发表醉鬼关于伟大孤独的演说。对于醉酒者而言，世界只是他们用来徒劳地攻击巨人们的影像。

别把灯关掉：当你离开时，这间房子必然会越来越大，直至变成某种没有水的泳池，那里面，声音被放大，回声阵阵，咄咄逼人，刺耳震天，猛烈地撞击着我的身体，如同春分或秋分时的潮水打在海堤上，把我卷入音节的浑浊泡沫之中。我会再次听到冰箱发酵的声音，仿佛是沉睡中猛犸象的呼噜，从生锈的水龙头边缘渗出的水滴，就像老人得了重症结膜炎后的眼泪。我会在衬衫、领带和西装前面踌躇不决，最终"砰"的一声关上大门，把一座完整的坟冢留到身后，那里面，死亡在瓶子的雕花玻璃面与胎菊腐烂的茎秆中绚烂绽放。我"砰"的一声关上了大门，你知道的，跟回里斯本时"砰"的一声关上了非洲之门一样，那令人作呕的战争之门，那些罗安达的妓女，还有坐在香槟冰桶旁的咖啡种植园主，他们好似魔术师的亮片盒子般闪闪发光，在幽暗的探戈中吞吐着走私来的美国香烟。非洲之门，伊莎贝尔：有一个同性恋医生，他的睫毛就像章鱼触须一样，能把我们卷在里面。协助他的是一个下士，爱开玩笑，两鬓留着胡须。他们两个必定关系暧昧，从一家旅店黏到另一家旅馆，如吸盘那样发出精疲力竭的轻声喘息。他们检查我们的尿、屎和血，以防祖国被我们感染：我们对死亡的恐惧、记忆里躺在我房间毯子下面的金发男孩、宁达的桉树，还有坐在土路上手里抓着自己肠子的护士官，他盯着我们，眼中满是动物的惊恐与哀愁。我们带回来的血液是干净的，伊莎贝尔：检验结果并没显示出那些被秘密警察枪毙前自掘坟墓的黑人，没显示出被奇基塔镇检察官吊死的男人，没显示出敷料桶里费雷拉的腿，也没显示出曼甘多那个家伙嵌到铁皮屋顶里的骨头。我们带回来的鲜血就像罗安达将军们的那样干净，他们在空调办公室里移动着安哥拉地图上的彩色图钉；我们的鲜血就像里斯本靠贩卖直升机和武器致富的绅士们的那样干净，因为战争是在世界的尽头，你明白吗，而不是在这个我厌恶至极的殖民地城市。战争是安哥拉地图上的彩色图钉；是受到侮辱、忍饥挨饿、靠在铁丝网上的人民；是塞进别人屁股里的冰块；是那些纹丝不动的日历上前所未有的深渊。

　　有时，你知道的，我会在半夜里醒来，坐在被褥上，神智彻底清醒。于是，我似乎听到了铅棺材里死人的轻柔呼唤，从浴室、走廊、客厅或女儿们的双层床那边传来，他们挂在脖子上的身份识别牌，如同一块块放在舌头上的金属圣餐饼；我似乎听到了马林巴杜果树叶的低语，它们巨大的轮廓映衬着沾了露水的雾气蒙蒙的天空；我似乎听到了卢查泽斯人突如其来、骄傲自由的笑声，如迪兹·吉莱斯皮的小号在我身边响起，就像被撕裂的动脉一样从寂静中涌出。半夜醒来，我知道自己的尿、屎和血都是干净的，可这并不能让我平静下来，亦不会使我快乐：我和中尉一起坐在废弃的楼边，每个计时器上的时间都停止了，停止在你的手表、闹钟和无线电上，停止在伊莎贝尔现在应该会用、可我却无从知晓的计时器上，停止在逝者脑海里依旧存在、被断开却又还要跳动的计时器上。合欢树的花粉轻轻将我们包裹在失重无声的金色里，灌木丛中的午后如慵懒的动物般伸展开去。我站起来，对着残存的围墙撒尿，我的尿是干净的，你知道吗，干净得无可指责。我可以回到里斯本而不引起任何人的警觉，不把我身上的死亡传染给任何人，不把我对死去同伴的记忆传染给任何人。我可以回到里斯本，走进餐馆、酒吧、影院、酒店、超市和医院，大家都可以确信我屁股上的屎是干净的，因为没人能打开我的头骨，看到护士官蹲在行政大楼的台阶上，一边用棍子刮靴子，一边不停地重复"我操，我操，我操，我操，我操"。

　　即便如此，我还是很有心地去跟海湾说了再见，呈贝壳形的海湾里，腐臭的水里晃动着楼房的倒影。拖网渔船正驶离码头外出捕鱼，引擎发出有气无力的不规则噪声，惊吓到了泥泞里迈着经理人独特步伐走来走去的白色大鸟，抖动了棕榈树垂下来的一蓬蓬头发，把狭长的影子投到空无一人的长椅之上。拱廊上的咖啡馆里，黑人小孩正向人们兜售他们骇人的非洲神像，就像在卖创可贴一样。擦皮鞋的人在桌子之间挪来挪去，俯身趴到闪闪发亮的鞋子上面。同性恋医生坐在我旁边的椅子上，懒洋洋地点起一支金色滤嘴的香烟，噘起精致的嘴唇吹灭了火柴。他身上散发着单身表妹所擦的浓烈香水味，空气也被熏上了大团大团的甜腻气息。我们是在伦敦认识的，在圣詹姆斯公园灰蒙蒙的秋天里。我们合租一个房间，所以我每天都会观看他梳妆打扮的复杂仪式，周围全是面霜、刷子、镊子还有龟壳盒装的美容用品。他用维米尔灵巧的耐心描绘出一张浓妆艳抹的脸，怎么说呢，看上去就像是从吸血鬼电影里偷跑出来的。他的内衣与马戏团空中飞人的服装如出一辙，可以使聚光灯射出的紫色在狂热赞赏中流连。就某种程度而言，我们彼此尊重，因为我们的孤独、他自命不凡的孤独、我愤世嫉俗的孤独，已相互感动并融汇到某个共同点上，这一点或许就是心甘情愿的拒不迁就。他是如此的女性化，穿着的制服让他看上去就像个女警。他小心翼翼地把香烟送到嘴边，动作仿佛是在拿一杯滚烫的茶。接着，他轻轻地扫了我一眼，那双又大又温柔的眼睛里闪着睿智的纯真：

"在这不毛之地待过后，你该怎么在里斯本挨下去呢？"

突然，海岸公路上的路灯一起被点亮，成千上万的昆虫立刻躁动起来，聚到灯泡下蓝色的锥形光里，一如影院门檐上闪烁的霓虹灯般疯狂。不知从何处传来一阵餐具的叮当作响声，宣布着晚饭时间的到来。

"我会慢慢来的，"我一边回答，一边用手拨开丛林土路上那些支离破碎的尸体，"你自己不是也证明，我的血是干干净净的吗。"

# Z

　　等等，让我把你送到门口。对不起，花了这么长时间才起床，请别认为我没有教养，请把它仅仅当作是出于喝了太多威士忌的原因，而且还因为夜里无法入睡，还因为我冗长叙述里的情绪波动，这些后果令人遗憾，但我就快要讲完了。不过，天已经亮了：可以清楚地听到马路上工地卡车的声音，还有楼上某个马桶的冲水声，告诉我邻居们都已醒来。现在，一切都是真实的：家具、墙壁、我们的疲惫、挤了太多建筑和人的城市，就像一个五斗橱上面摆了太多的小玩意，让我仁慈地憎恨。一切都是真实的：我用手去摸自己的脸，没刮的胡子像砂皮纸般扎着手上的皮肤，膀胱里满满的温热液体让肚子又肿又胀，沉甸甸得好似一个呻吟着的圆滚滚的胎儿。一束光亮斜射到衣橱旁的墙纸上，绘出一块菱形的暗淡光斑。它一点点下移，挪到了地毯上，滑到了取暖器的灰色发热板上，然后又照到了优雅弯折的摇椅腿上，椅子上面是我乱作一团的衣服，仿佛一堆被遗忘的破布。真实的是灰泥天花板上的黄色污渍，现在我轻易就能看得清楚；是相框里女儿们的微笑；是那部电话，可以说它总是处在勃然大怒的边缘，随时都可能爆发出愤怒尖锐的铃响。真实的还有你的急躁、背在肩上的包，我以前都没注意到细节的优美脚踝，在鞋子里匆匆抖动。今天不会下雨了：我从老实安静的骨头里就能感受得到，它们只因好多个小时没能休息而疲惫不堪，这些干燥坚硬、轻巧多孔如浮石般的骨头，在躯体内，恳求我在地毯之间漂浮，可爱宛如蹒跚的天使，脚趾甲从走廊通道的阴影里擦过。不会下雨了：粉红色的天空，好似无牙的口腔空空如也，炎热使得屋顶与天际交接处的线条越来越浓，呈现出一种红绿的色调，使露台、阳台及远处房屋过于清晰的边缘都燃烧起来。下午两点，烤焦的树干上会渗出树脂的泪水，广场上的铜像会像被烧软的铁一样弯下腰来，那无力的姿势里是软软的服从。你会回到家，迅速冲个澡，从衣橱里挂着成排的袖子里选出一条连衣裙。接着，在出门上班前，戴好大大的墨镜遮挡出现的黑眼圈，知道么，这样的你看起来就像一只清高的昆虫。那些在里斯本街头与我擦肩而过的女人，墨镜背后存在的一切都会让我感到好奇着迷：那些晦暗深邃、毫无表情的脸总能激起我把墨镜摘掉的欲望，用轻柔的动作取下那些棕色或绿色的玻璃镜片，以便直面被隐藏起来的恐慌、温柔、冷漠或讽刺。总之，某种东西，向我保证她们拥有与我相似的人性，她们并非来自火星。晚餐时分，灯罩下甜蜜的居家照明与打开电视后矩形屏幕的荧光闪闪，使得每间公寓都灯火通明，让我绝望地感到自己被排除在千万个舒适的小宇宙之外，我多愿意成为其中的一分子啊，坐在沙发一角，面对一幅米罗的复制品。自惭形秽的孤独使我如怯懦的小狗般，不断弓起背脊，看似愤怒，实则恭顺。家具店让我着迷，它们的廉价海报上是约定俗成的温馨场景，展示着一个女孩和一只小猫温柔地拥抱在一起：那些彩色折页广告单上的幸福，别告诉别人，是我人生的主要目标。我总在计划用简易塑料架和黑白格子的靠枕来替代灵魂那复杂的写字台，再配上椭圆形的长毛地毯，厚厚一层好似叔叔们的眉毛，还有体积庞大但无法定义其外形的瓷器，表面上绘着随意的笔触。别，听着，这样的场景可能会潜移默化地进入你我的生活，让它充斥着外形怪异、用弹簧支起来的多角度落地台灯，表情嘲讽的黏土面具，还有一股像罗比拉克牌油漆那样浓稠的血，在静脉中流动，为之蒙上一层金属质感的愉悦，以阻挡泪水潮湿的入侵。我要买一头陶瓷的斑比小鹿放到书房的办公桌上，放在我文件和书的正前方，放在我和河流之间。接着，你就能看到，我的生活方向将发生巨大转变，未来的我将成为斗牛士或电台歌手，坐在私人泳池边上，怀里拥着一位笑意盈盈的金发女郎。

一切都是真实的：你手镯发出的丁零当啷声听起来有所不同，暗夜赋予它的神秘、延绵与荡漾已经丧失殆尽，它现在是早晨平凡无奇的声音，使痛苦和兴奋变得寻常，在日复一日的现实需求中显得微不足道：上班、车检、看牙医、跟唠叨的儿时好友共进晚餐。他说起来没完没了，无聊透顶，在刀叉上空扩散开来。一切都是真实的，特别是苦痛、宿醉、头疼，它们像顽固的铁钳夹着我的脖颈后面；鱼缸里的死气沉沉让我的动作变得迟缓，这种麻木感从手臂延伸至玻璃似的手指，使得它们像假肢上的钳子一样难以操控。一切都是真实的，只有战争除外，它从未发生：根本就没有殖民地，没有法西斯主义，没有萨拉查，没有塔拉法尔[1]，没有秘密警察，也没有革命，什么都没有，你明白吗？一片空白。这个国家的日历已停止翻动那么长时间，以至于被我们忘却，毫无意义的三月或四月在墙上挂的撕页日历纸上腐烂，红色的周日则列在最左边的无用的竖栏里。罗安达是一座虚构的城市，我告别了它；而在穆坦巴，虚构的人们乘坐虚构的公车前往虚构的地点，安哥拉人民解放运动巧妙地把虚构的政治委员安插在了那儿。把我们运回里斯本的飞机载着一批幽灵，他们慢慢地物化，变成了患疟疾的黄色军官和兵士，被固定在座位上，张着空洞的眼睛，凝视窗外子宫形状

---

1　塔拉法尔（Tarrafal），葡萄牙殖民地佛得角的一个监狱营地，由葡萄牙独裁者安东尼奥·萨拉查（António de Oliveira Salazar）下令修建，关押葡萄牙右翼独裁政权的反对者。

的无色天空。真实的还有在机场等候的灰色大客车，里斯本的寒冷，带着无聊公务员的懒散检查我们证件的警官，还有开往军营的旅途——在军营那里，我们的箱包已被堆成了一座混乱的小山——以及操场上迅速的告别。

我们在世界尽头的土地上共同度过了二十七个月，二十七个月的痛苦与死亡，在那不毛之地，在东部的沙滩上，在奇奥科人的土路间，在卡桑热的向日葵丛中，我们咀嚼过同样的乡愁、同样的屎、同样的恐惧。可大家仅用了五分钟便分道扬镳，握一次手，拍一记背，随意拥抱一下，就这样，人们消失不见了。他们被重重的行囊压弯了身子，走出大门，蒸发在平民市井的漩涡之中。

我依旧穿着军装，肩上背了个装满书的包，手里还提着一大袋衣服。挡在我面前的是里斯本那如布景般无法逾越的晦涩，它突然直立起来，平整光洁、满怀敌意，在我渴望休憩的眼前，没有一扇窗户打开，唤我进入舒适巢穴的深邃。车辆沿着恩卡纳桑环岛庄严地绕行，纯机械的冷漠将我排斥在外；街上的面孔从我身边闪过，对我全然熟视无睹，他们身上的某种东西让我联想到尸体的几何惯性运动。我绿眼睛的女儿肯定会把我当作一个不受欢迎的陌生人，一具多余的狭长躯体，躺在母亲身边。朋友们的生活在我离开之后有条不紊地进行着，他们会很难习惯这个复活的拉撒路，他迷失了方向，艰难地重拾生活点滴和各种声音。我对安哥拉的寂静和孤独太过习以为常了，甚至已经无法想象野草不会捅破大街的柏油路面，把春雨后油光发亮、细细长长的绿色手指探到外面来的画面。我的父母家中没有破旧生锈的缝纫机，希乌梅的酋长也没在客厅等我，透过书柜的玻璃门去遥望那浩瀚无垠、沾着蟾蜍和泥巴的潮湿平原。他会像初生婴儿般瞪起惊奇的圆眼睛，注视着交通灯、电影院、不规则的广场轮廓，还有忧郁的露天咖啡馆。这周遭的一切，怎么说呢，仿佛拥有一股神秘的力量，我永远也无法说清。于是，我缩起脑袋，弓起背，就像没穿雨衣的人突然遭遇大雨那样，尽可能少地把身体暴露在外，暴露给这个我已不再了解的国度，然后，便一头扎进了这个城市的一月里。

几周后，我去看望几位姨母，身上穿了一套战前的西装，尽管吊裤带已使尽全力把裤腿提了起来，但裤子仍像坠落的光环般在腰间晃荡，仿佛被安上了隐形的螺旋桨。我站在架有烛台的钢琴旁边等着，怯懦的身板骨被挤在一张歪腿古董桌案和一座大钟之间。桌案上放满了相框，里面是已逝将军们的相片；大钟那颗庞大宏伟的心温柔地抽泣，有节奏的嗒嗒声仿佛一尊平和的佛正在消化吃下去的食物。窗帘如烦闷的编舞者那样，躲躲闪闪地挥舞着手臂；餐具柜上，银器锐利的眼睛在昏暗里闪闪发光。为了能好好端详我，姨母们打开了台灯。灯光忽然照亮了已褪色的阿拉约卢什地毯和中国花瓶，白色瓶身上的神龙舌头蜷曲，呼之欲出；也照亮了那些女佣们的好奇心，她们在门边窥探着，一边还在围裙上擦着油腻的双手。我本能地摆出了僵硬严肃的表情，就像是在让市集上的摄影师拍照，被他们从三脚架相机无情的厚镜头里观察着；或许我还采用了立正的姿势，就像是在马夫拉军营当新兵时，站在永远暴躁专横的上尉面前接受检查。他紧锁眉头，双腿分开，杵在那里，傲慢里充满了不祥的预兆。房间里散发着樟脑丸、卫生球和暹罗猫尿的味道，我迫切地渴望离开那里，跑到阿亚历山大埃尔库拉诺大道上去。在那里，至少还能瞥见高处一丝混浊的天空。在客厅凝重的气氛里，一根竹拐杖轻蔑地划来划去，绘出错综复杂的阿拉伯纹样。它伸到我胸前，击剑一样刺穿我的衬衫。接着，是一个虚弱的声音，被假牙死死压在下面，仿佛来自很远很高的地方，几个木头音节被铝制的舌头铲刀刮了下来：

"你更瘦了。我一直希望军队能把你塑造成个男人，但是对你什么都没用。"

桌案上，死去的将军相片也对这场显而易见的厄运表示了强烈认同。

不，不是，你一直往前走，到第一个路口往右转，接着在第二个路口向右拐，不一会儿工夫你能到阿里艾罗小广场了。肯定没问题。我吗？我要在这里多待一会儿。我会把烟灰缸倒净，洗干净杯子，打扫一下客厅，看看河流。说不定还会爬回到没铺好的床上，盖起被子，闭起眼睛。谁知道呢，是吧？但特雷莎大娘还是很可能会来看望我的。